Fear Street Geisterstunde

Mitternacht am Friedhofstor

FEAR STREET GEISTERSTUNDE

MITTERNACHT AM FRIEDHOFSTOR

Aus dem Amerikanischen
übersetzt von Sabine Tandetzke

Loewe

Die Deutsche Bibliothek – CIP-Einheitsaufnahme

Stine, Robert L.:
Fear-street-Geisterstunde / R. L. Stine.
– Bindlach : Loewe
Mitternacht am Friedhofstor / aus dem
Amerikan. übers. von Sabine Tandetzke.
– 1. Aufl.. – 2002
ISBN 3-7855-4420-0

*Der Umwelt zuliebe ist dieses Buch
auf chlorfrei gebleichtem Papier gedruckt.*

ISBN 3-7855-4420-0 – 1. Auflage 2002

Titel der Originalausgabe: Fright Christmas
Erzählt von Stephen Roos

Aus dem Amerikanischen übersetzt von Sabine Tandetzke
Umschlagillustration: Jan Birck
Gesamtherstellung: GGP Media, Pößneck
Printed in Germany

www.loewe-verlag.de

Kapitel 1

„Kenny, schau doch mal!“ Meine kleine Schwester strahlte über das ganze Gesicht und streckte mir eine Puppe entgegen, die aussah wie eine Ballett-Tänzerin. Mit Tutu und Satinschühchen und allem Drum und Dran. „Ist die nicht schön?“, seufzte sie. „Genau so eine wünsche ich mir zu Weihnachten.“

Meine Mutter hatte Kristi letzten Monat zum ersten Mal mit ins Ballett genommen, und seitdem sie „Dornröschen“ gesehen hatte, redete sie von nichts anderem mehr. Tänzerinnen. Tänzerinnen. Tänzerinnen. Ich konnte es schon nicht mehr hören.

„Bist du sicher, dass es die ist, die du haben willst?“, fragte ich.

Kristi nickte aufgeregt. „Oh, ja!“, sagte sie entschieden. „Das ist die Schönste von allen, und sie sieht aus wie Dornröschen.“

„Na, dann wollen wir mal sehen, ob sie auch so tolle Pirouetten drehen kann.“ Ich nahm Kristi die Puppe weg und wirbelte sie wie einen Breakdancer auf dem Kopf um ihre eigene Achse.

„Hör auf, Kenny! Du machst ihr Haar ja ganz kaputt", jammerte Kristi.

Die Puppe wurde immer langsamer und knallte schließlich flach auf den Rücken, sodass ihre Augenlider zuklappten.

„Sieh mal, Kristi. Das ist tatsächlich die Richtige", rief ich. „Sie schläft wie Dornröschen, nachdem sie sich an der Spindel gestochen hat."

Ich warf die Puppe auf ein Regal.

„Hey, Kenny! Gib sie mir zurück!" Kristi strich sich empört die kurzen, blonden Locken aus dem Gesicht. „Ich muss sie doch dem Weihnachtsmann zeigen. Damit er weiß, was ich mir wünsche."

Weihnachten.

Genau deswegen hing ich hier in der Spielwarenabteilung fest – mitten in Dalby's, dem großen Kaufhaus von Shadyside. Und das am Heiligen Abend. Mit dem Weihnachtsmann und seinen blöden Wichteln und meiner sechsjährigen Schwester Kristi.

Es ist nicht so, dass ich was gegen Weihnachten hätte. Ich meine, die Geschenke finde ich schon klasse – es ist dieses Friede-auf-Erden-Gesülze, das mich ganz krank macht.

Na ja, jedenfalls hatte Mum mich dazu verdonnert, auf Kristi aufzupassen, während sie ihre letzten Weihnachtseinkäufe erledigte. Und darauf hatte ich überhaupt keine Lust.

Für mich ist der Weihnachtsabend nämlich der beste Abend des ganzen Jahres. Dann schleiche ich mich immer in die Gärten unserer Nachbarn und schraube die Glühlämpchen aus ihrer Weihnachtsbaumbeleuchtung.

Kristi zupfte mich am Ärmel. „Komm schon, Kenny! Wir müssen uns hinten in der Schlange anstellen, wenn wir den Weihnachtsmann sehen wollen. Ich muss mich doch auf seinen Schoß setzen und ihm erzählen, was ich mir alles wünsche. Sonst bringt er mir dieses Jahr keine Geschenke."

„Der Weihnachtsmann musste dringend zurück zum Nordpol", erklärte ich ihr. „Wir können also nicht mehr mit ihm sprechen. Er ist vorhin mit seinem Schlitten abgereist."

In diesem Moment klopfte mir jemand auf die Schulter.

Oh-oh! Hoffentlich war das nicht Mum. Wenn sie gehört hatte, dass ich Kristi angelogen hatte, würde ich ganz schön Ärger kriegen.

Aber es war nicht Mum. Es war schlimmer.

Vor mir stand Timmy Smathers. Ein echter Idiot. Und der kleinste Junge aus meiner Klasse.

„Hallo, Kenny!“ Timmy strahlte mich mit seinem dämlichen Grinsen an. „Ist diese Spielzeugabteilung nicht absolut irre?“

Ich blickte betont auf ihn hinunter und sagte: „Mensch, Timmy, du bist es. Im ersten Moment dachte ich, du wärst einer von den Wichteln des Weihnachtsmanns.“

Timmys Lächeln war mit einem Mal wie weggewischt. Er hasst es nämlich, wenn jemand seine Größe erwähnt. Oder besser gesagt, seine Winzigkeit. Deswegen tue ich das so oft wie möglich.

„Hallo, Kristi!“ Timmy wandte sich an meine Schwester. „Hast du dem Weihnachtsmann schon verraten, was du dir dieses Jahr für Geschenke wünschst?“, fragte er mit seiner dünnen, piepsigen Stimme.

Kristi schüttelte den Kopf und blickte traurig auf ihre Turnschuhe.

„Der Weihnachtsmann ist schon wieder weg. Er musste dringend zurück zum Nordpol“, flüsterte sie. „Hat Kenny jedenfalls gesagt.“

Dann sah sie zu mir auf. Ihre Unterlippe zitterte, und ich entdeckte eine dicke, fette Träne, die über ihre Wange kullerte.

„Hey! Nicht weinen, Kristi.“ Timmys Gesicht verzog sich wieder zu diesem dämlichen Grinsen. „Kenny hat sich geirrt. Der Weihnachtsmann sitzt immer noch in seinem Dorf, dort hinten in der Spielzeugabteilung. Er wird doch nicht verschwinden, bevor alle Kinder ihre Wünsche losgeworden sind."

Kristis Gesicht nahm die Farbe einer reifen Tomate an. Sie krauste die Nase und sog scharf die Luft ein. So sah sie immer aus, wenn sie wütend war.

„Du hast mich angeschwindelt, Kenny!", kreischte sie. „Bring mich auf der Stelle zum Weihnachtsmann. Sofort!"

„Tschüss, Kenny. Fröhliche Weihnachten!", rief mir Timmy schadenfroh über die Schulter zu, während er davonschlenderte.

„Tschüss, Mini. Ich meine, *Timmy*!", brüllte ich ihm hinterher. „Fröhliche Weihnachten!"

„Wenn wir nicht sofort hingehen, erzähl ich Mama, dass du mich angelogen hast", drohte Kristi.

„Na gut, dann gehen wir eben hin. Komm schon!", stöhnte ich genervt.

Ich nahm Kristi an die Hand und zog sie unsanft hinter mir her – zum anderen Ende der Spielwarenabteilung.

Das Dorf des Weihnachtsmanns war so ziemlich das Lächerlichste, was ich jemals gesehen hatte. Auf einem großen Schild am Eingang stand: *Hereinspaziert in die Straße des Weihnachtsmanns! Hier gibt's jede Menge Geschenke für alle braven Kinder.*

Zu beiden Seiten des Eingangs standen zwei große, hölzerne Soldaten. Riesige Kulissen, die wie Pfefferkuchenhäuschen bemalt waren, säumten die Straße, die gleich hinter dem Eingang begann. Die kitschigen Häuser waren mit falschem Schnee bestäubt, und von ihren Dächern hingen künstliche Eiszapfen herab.

Wir traten durch ein kleines, weißes Tor und reihten uns in die Schlange der wartenden Knirpse ein.

Ich reckte den Hals, damit ich sehen konnte, was sich weiter vorne abspielte.

Am anderen Ende der Weihnachtsmannstraße entdeckte ich den Dickwanst höchstpersönlich. Er saß in einem großen, goldenen Schlitten, der mit roten Bändern und goldenen Glöckchen geschmückt war.

Ein kleiner Junge hockte auf dem Schoß des Weihnachtsmanns und flüsterte dem alten Knaben etwas ins Ohr. „Ho-ho-ho!“, lachte der dröhnend, aber seine Stimme klang total verstellt.

Oh Mann, was für eine schlappe Vorstellung!

Ich konnte einfach nicht glauben, dass die Kleinen ihm das abnahmen.

Die Schlange bewegte sich im Schneckentempo vorwärts.

Die Wichtel des Weihnachtsmanns rannten unterdessen die Straße rauf und runter und klingelten mit ihren nervtötenden Glöckchen, während sie Zuckerstangen verteilten und versuchten, die Kinder dazu zu bringen, Weihnachtslieder mit ihnen zu singen.

Kristi stimmte natürlich gleich mit ihrem piepsigen Stimmchen mit ein und lutschte zwischendurch an ihrer Zuckerstange.

„Wie lange dauert es denn noch, bis wir ganz vorne sind, Kenny?“, quengelte sie.

„Wie alt bist du jetzt, Kristi?“, fragte ich sie.

„Ich bin sechs. Das weißt du doch“, antwortete sie verwundert.

„Na ja, und wenn du endlich auf dem Schoß des Weihnachtsmanns sitzt, wirst du ungefähr acht sein“, klärte ich sie auf.

„Kenny“, stöhnte Kristi. Sie wandte den Kopf und warf dem Weihnachtsmann einen sehnsüchtigen Blick zu. Ihre blonden Löckchen hüpften dabei um ihr Gesicht.

Mum hat mir mal erzählt, dass mein Haar genauso ausgesehen hat, als ich klein war. Würg!

Bin ich froh, dass ich jetzt ganz normale Haare habe – glatte, unauffällige, braune Haare.

Und außerdem bin ich froh, dass ich ziemlich groß für mein Alter bin und nicht so ein Winzling wie Timmy. „Oder wie diese blöden Wichtel“, dachte ich, als einer von ihnen versuchte, mir eine Zuckerstange in die Hand zu drücken, während er „Stille Nacht“ schmetterte.

„Hey, Kristi.“ Ich beugte mich dicht zu ihr und flüsterte ihr ins Ohr: „Ich wette, ich weiß etwas, was du nicht weißt.“

„Lass mich in Ruhe, Kenny!“, schnaubte sie.

„Aber es geht um den Weihnachtsmann“, sagte ich hartnäckig. „Es ist ein Geheimnis, und es ist sehr wichtig.“

Sie drehte sich zu mir um und schaute mich mit zusammengekniffenen Augen an. Ich spürte, dass ich sie neugierig gemacht hatte.

„Was ist mit ihm?“, wollte sie wissen.

„Der Typ da hinten ist gar nicht der echte Weihnachtsmann“, antwortete ich mit gedämpfter Stimme.

„Ist er wohl!“, rief sie empört.

„Nee.“ Ich schüttelte ernst den Kopf. „Ist er nicht.“

„Ist er doch!“, beharrte Kristi. Ihre Augen wurden ganz groß, und ihre Unterlippe zitterte. Bestimmt würde sie gleich wieder anfangen zu heulen.

„Wer ist *was*?“, fragte Mum, die plötzlich hinter uns aufgetaucht war.

„Kenny behauptet ...“, wollte Kristi gerade loslegen.

Aber in diesem Moment klingelte einer der Wichtel mit seinem goldenen Glöckchen. „Du bist dran, Kleine“, säuselte er und lächelte Kristi strahlend an.

„Puh! Das war knapp“, dachte ich und grinste in mich hinein. Das Glöckchen hatte mich in letzter Sekunde gerettet.

Der Wichtel führte Kristi zum Schlitten des Weihnachtsmanns, und zwei seiner Wichtelkollegen hoben sie auf seinen Schoß.

Kristis blaue Augen strahlten so hell wie Christbaumkerzen. Ich glaube, ich hatte noch nie ein so glückliches Kind gesehen.

Das würde lustig werden.

Unauffällig schlenderte ich zum Schlitten hinüber und stellte mich hinter meine Mutter, die Kristi zuwinkte und sie voller Stolz anlächelte.

Sie würde überhaupt nicht mitkriegen, wenn ich verschwand.

„Ho-ho-ho!“, rief der Weihnachtsmann mit

dröhnender Stimme. „Wie heißt du denn, meine Kleine?“

Ich schlüpfte vorsichtig durch die Menge und drängte mich an ein paar Wichteln vorbei auf die andere Seite des Schlittens. Dort stellte ich mich hin und tat so, als würde ich meiner kleinen Schwester zuschauen.

„Ich bin Kristi Frobisher“, antwortete Kristi eifrig. „Ich wohne in der Fear Street Nummer siebenundzwanzig. Das ist das vierte Haus auf der linken Seite. Es hat blaue Fensterläden und zwei große Schornsteine auf dem Dach und es ...“

„Schon gut, Kristi. Das werden meine Rentiere und ich schon finden“, sagte er beruhigend. „Und was wünschst du dir von mir zu Weihnachten, Kristi?“

Ich schaute mich unauffällig um.

Alle Blicke waren auf den Weihnachtsmann gerichtet.

Schnell hockte ich mich hin und kroch unter den Schlitten.

Dann robbte ich auf dem Bauch über den Boden.

Gedämpft hörte ich Kristi weiter vor sich hin plappern. Sie und der Weihnachtsmann mussten jetzt direkt über mir sein.

Vorsichtig krabbelte ich hinter dem Schlitten hervor. Die rote Jacke des Weihnachtsmanns hing direkt vor meinem Gesicht, und der weiße Pelz, mit dem der Saum besetzt war, kitzelte mich fürchterlich in der Nase. Ich konnte mir das Niesen gerade noch verkneifen.

„Aber was ich mir am aller-, aller-, allermeisten wünsche, ist eine Ballerinapuppe", zählte Kristi weiter auf. „Mit blonden Haaren und einem rosa Tutu und Spitzenschuhen aus Satin. Und wenn man einen Knopf auf ihrem Rücken drückt, dann ..."

Das war genau der richtige Moment!

Ich sprang auf.

Der Weihnachtsmann wandte mir das Gesicht zu. Seine buschigen, weißen Augenbrauen hoben sich überrascht.

Ohne Vorwarnung packte ich mit beiden Händen seinen langen, weißen Bart.

Und zog daran, so fest ich konnte!

KAPITEL 2

„Hey!“, rief der Weihnachtsmann und zuckte erschrocken zurück.

Na, bestens.

Er half mir auch noch.

Während er mit dem Kopf nach hinten ruckte, zog ich seinen Bart zu mir.

Und schneller als man „Ho-ho-ho!“ sagen kann, flogen beide Hände des Weihnachtsmanns hoch zu seinem blassen, nackten Gesicht. Er schaute so verdattert, dass ich mir das Lachen kaum verkneifen konnte.

„Guckt mal, der ist ja gar nicht echt!“, rief ich in voller Lautstärke und wedelte mit dem weißen Bart über meinem Kopf herum, sodass ihn alle sehen konnten. „Alles nur Schwindel! Glaubst du mir jetzt, Kristi?“

Kristi rutschte vom Schoß des Weihnachtsmanns und starrte mich mit offenem Mund an. Für einen Moment schien es ihr die Sprache verschlagen zu haben.

„Du bist so gemein, Kenny!“, jammerte sie dann los.

„Kenny!“, rief Mum empört. „Wie konntest du das nur tun?“

Die ganze Weihnachtsmannstraße entlang weinten und schluchzten kleine Kinder.

„Was ist mit dem Weihnachtsmann passiert?“, heulte ein kleiner Junge.

„Ich will den echten Weihnachtsmann!“, kreischte ein anderer.

Die Erwachsenen versuchten, ihren Nachwuchs zu beruhigen, und die Wichtel liefen aufgeregt herum, klingelten mit ihren Glöckchen und verteilten händeweise Süßigkeiten.

Es war zum Schreien komisch!

„Du ungezogener Bengel!“, brüllte mich der Weihnachtsmann mit tiefer Stimme an. „Gib mir sofort meinen Bart zurück!“

Er griff danach, aber ich zog ihn schnell aus seiner Reichweite. Dabei verlor der Weihnachtsmann das Gleichgewicht und wäre beinahe vom Schlitten geplumpst. Als er sich wieder aufsetzte, starrte er mich finster an.

Diesen Blick kannte ich. Er hätte mir am liebsten den Hals umgedreht.

Ich betrachtete den bartlosen Weihnachtsmann genauer. Er kam mir irgendwie bekannt vor. Und dann hatte ich es.

Das war doch Joe! Er ging schon auf die Uni und half ab und zu dem Hausmeister unserer Schule. Na klar, das musste er sein!

„Hey, Joe“, sagte ich lachend zu ihm. „Wie bist du denn an diesen Weihnachtsmann-Job gekommen?“

„Du warst schon immer ein mieser kleiner Kerl, Kenny Frobisher“, knurrte er. „Und das wird sich wahrscheinlich auch nie ändern.“

Mit finsterer Miene riss er mir den Bart aus der Hand und presste ihn sich ins Gesicht. Aber er wollte nicht mehr halten und fiel immer wieder runter.

„Komm, stell dich nicht so an, Joe“, sagte ich und grinste. „Das war doch nur Spaß.“

„Siehst du hier vielleicht irgendjemanden lachen?“, fragte er in scharfem Ton.

„Wie kann man kleinen Kindern bloß so etwas antun?“, murmelte eine Verkäuferin und schüttelte missbilligend den Kopf.

„Genau, der Bengel sollte sich was schämen!“, stimmte ihr ein Mann zu.

„Was für ein schrecklicher Junge“, keifte eine dünne Frau, während sie mich mit Blicken fast tötete. „Ach, was sage ich. Er ist kein Junge, er ist ein Ungeheuer. Ein richtiges Monster.“

Einer der Wichtel kletterte geistesgegenwärtig auf den Schlitten und bat um Aufmerksamkeit. „Hört mal her, Leute! Mit dem Weihnachtsmann ist alles in Ordnung. Sein Bart ist verzaubert, wisst ihr. Er muss ihn nämlich manchmal abnehmen können, damit er nicht erkannt wird", rief er mit lauter Stimme in die allgemeine Aufregung.

Und man stelle sich vor: Die Kinder glaubten ihm diesen Unsinn. Sie wischten sich die Augen und hörten auf zu weinen.

Währenddessen war ein anderer Wichtel dem Weihnachtsmann hinter dem Schlitten dabei behilflich, seinen Bart wieder anzukleben.

„So, liebe Kinder, stellt euch nun wieder in einer Reihe auf", bat der Wichtel auf dem Schlitten. „Es geht gleich weiter. Dann könnt ihr dem Weihnachtsmann all eure Wünsche erzählen."

„Kenny!" Die wütende Stimme meiner Mutter ertönte von der anderen Seite des Schlittens. „Komm hierher, und zwar sofort!"

Ich schluckte.

„Bin gleich da, Mum", antwortete ich hastig. Ich musste mich dringend wegschleichen und mich irgendwo verstecken, damit sie Gelegenheit hatte, sich ein bisschen abzukühlen. Zum Glück regt sich meine Mutter meistens ziemlich schnell wieder ab.

Aber wo sollte ich hin?

Als ich um den Schlitten herumflitzte, entdeckte ich eine Tür, an der ein großes Schild hing. In dicken, roten Buchstaben stand darauf: *Gefahr! Zutritt für Unbefugte verboten!*

Na, wenn das kein glücklicher Zufall war!

Ich würde hier einfach für zehn Minuten reinhuschen, und wenn ich wieder rauskam, würde Mum es bestimmt eilig haben, nach Hause zu kommen. Dann hätte sie keine Zeit, mit mir zu schimpfen – na ja, wenigstens nicht so viel.

Ich hörte, wie der Weihnachtsmann wieder auf seinen Schlitten kletterte und die Menge begrüßte.

Ein schneller Blick zu Mum zeigte mir, dass sie und Kristi gerade eine Auslage mit Puppenkleidern betrachteten und sich dabei unterhielten.

Und auch sonst achtete niemand auf mich.

Super! Der perfekte Moment für meine Flucht.

Ich schlich auf Zehenspitzen zu der Tür und drehte langsam den Knauf.

Ja! Heute war wirklich mein Glückstag! Die Tür war nicht verschlossen.

Schnell schlüpfte ich in den Raum.

Ich zog leise die Tür hinter mir zu – und schnappte nach Luft.

Wahnsinn! So was hatte ich noch nie gesehen.

Der kleine Raum war voller Computer, die jede Wand vom Boden bis zur Decke einnahmen. Auf den Schalttafeln waren hunderte von

Hebeln, Anzeigen, Schaltern und Knöpfen angebracht. Jeder Zentimeter war damit bedeckt. Das Ganze wurde von winzigen Lämpchen in allen Farben des Regenbogens beleuchtet.

Ein tiefes Summen schien aus allen Richtungen gleichzeitig zu kommen. Und durch die Sohlen meiner Turnschuhe hindurch spürte ich, wie der Boden leicht vibrierte.

Wow! Das war ja wie in einer Raumkapsel.

Und hier war ich nun. Mitten in dieser geheimnisvollen Kammer. Ganz allein.

Ich hatte die totale Kontrolle – aber worüber? Das hätte ich schon gerne gewusst. Wofür waren all diese Schalter da?

Neugierig nahm ich sie genauer unter die Lupe, suchte nach irgendwelchen Beschriftungen oder Zeichen, die verrieten, wozu sie dienten.

Fehlanzeige!

Tja, dann gab es wohl nur eine Möglichkeit, das rauszufinden!

Es kribbelte mir förmlich in den Fingerspitzen. Ich konnte mich kaum noch beherrschen.

Dem Weihnachtsmann den Bart klauen? Das war doch Kinderkram!

„Fröhliche Weihnachten allerseits“, dachte ich hämisch. „Jetzt kommt was Aufregendes!“

Wie in Zeitlupe streckte ich die Hand aus – bis meine Finger einen großen, roten Hebel in der Mitte der Schalttafel vor mir berührten.

Behutsam umfasste ich ihn.

Und legte ihn um.

Dann wartete ich gespannt.

Mit angehaltenem Atem lauschte ich auf die Stimmen der Kunden vor der Tür. Lauschte auf die Schreie, wenn das Licht ausfiel. Oder die Sprinkleranlage in Gang gesetzt wurde – irgendetwas in der Art.

Aber es waren keine überraschten Schreie zu hören.

Nichts. Nur die normale Geräuschkulisse eines großen Kaufhauses.

Ich seufzte enttäuscht und legte den großen, blauen Hebel direkt neben dem roten um.

Bumm!

Ich zuckte erschrocken zusammen.

Die Tür wurde verschlossen – es klang, als würde ein schwerer Riegel vorgelegt.

Hastig brachte ich den blauen Hebel in seine Ausgangsstellung und wartete darauf, dass der Riegel wieder zurückglitt.

Aber das tat er nicht.

Ich saß in der Falle!

KAPITEL 3

Ich griff nach dem Knauf und drehte ihn. Aber die Tür blieb verschlossen.

Ich rüttelte an dem Knauf und zerrte kräftig an der Tür. Aber sie bewegte sich keinen Millimeter.

Offenbar war sie fest verriegelt – und zwar von außen.

Ein leichtes Panikgefühl stieg in mir auf.

Nervös ließ ich meinen Blick durch den Raum wandern.

Die Lämpchen schienen auf einmal schneller zu blinken, und es kam mir vor, als wäre auch das summende Geräusch lauter geworden.

„Immer mit der Ruhe, Kenny“, sagte ich mir. „Wenn du gegen die Tür klopfst, wird dich schon jemand hören und dich hier rauslassen.“

Gesagt, getan.

Ich lauschte angestrengt. Aber das einzige Geräusch, das an mein Ohr drang, war das tiefe Summen der Schalttafeln.

„Hey, könnte vielleicht mal jemand diese Tür öffnen?“, rief ich, so laut ich konnte. „Ich bin hier drinnen eingesperrt.“

Keine Antwort.

„Hallo, ich komm nicht raus!“, versuchte ich es noch einmal und hämmerte mit den Fäusten gegen die Tür. „Bitte, macht doch mal auf!“

Aber niemand kam.

Bei all den vielen Leuten, die da draußen rumliefen, musste mich doch irgendjemand hören.

„In diesem Raum ist ein Kind eingeschlossen!“, schrie ich aus voller Kehle. „Hilfe! Warum kommt denn keiner? Holt mich hier raus!“

Ich klatschte mit den Handflächen gegen die Tür und trat mit den Füßen dagegen.

So! Das musste doch wohl jemand mitgekriegt haben!

Stille.

Ein unbehagliches Gefühl machte sich in meinem Magen breit. Ich trat ein Stück zurück und atmete tief ein.

Dann nahm ich Anlauf und warf mich mit der Schulter gegen die Tür.

Nichts.

Ich hämmerte gegen die Tür, bis meine Knöchel schmerzten.

Immer noch nichts.

„Wo sind die denn alle?“, fragte ich mich mit wachsender Unruhe.

Ich schaute auf meine Uhr: 20:15!

Dalby's machte um acht Uhr zu.

Waren etwa alle schon nach Hause gegangen und hatten mich hier drin zurückgelassen?

Das konnte doch nicht sein! Meine Mutter hatte bestimmt jemandem erzählt, dass ich verschwunden war.

Aber warum suchte man mich dann nicht?

Meine Hände wurden schweißnass. Ich musste hier so schnell wie möglich raus.

Ich wischte mir die feuchten Handflächen an meiner Jeans ab und schaute sicherheitshalber noch einmal auf die Uhr: 20:20.

So spät war es doch gar nicht. Irgendwer musste noch im Laden sein. Der Geschäftsführer, der die Abrechnung machte. Ein Wachmann, der die Türen abschloss. Einer von diesen blöden Wichteln. Irgendwer.

Und dann kapierte ich, was das Ganze sollte. Die wussten genau, dass ich hier drin war, und wollten mir damit eine Lektion verpassen. Als Strafe für meinen kleinen Streich mit dem Weihnachtsmann.

„Kommt schon, Leute!“, schrie ich. „Bitte. Lasst mich hier raus! Nun macht schon!“

Ich griff nach dem Türknauf und zerrte mit aller Kraft daran.

„Hilfe!“, brüllte ich. „Hilfe!“

Ich drehte den Knauf. Dann zog ich noch einmal, so fest ich konnte.

„Ich will hier raus!“, rief ich mit überschnappender Stimme.

Aber niemand reagierte auf meine Rufe.

Langsam trottete ich von der Tür weg und setzte mich auf den Boden. Ich lehnte mich mit dem Rücken gegen eine der Schalttafeln und fragte mich, was ich jetzt tun sollte.

Dann hörte ich ein lautes Zischen.

Alarmiert schaute ich mich im Raum um. Woher war dieses Geräusch gekommen?

Das merkwürdige Summen im Raum schwoll plötzlich zu ohrenbetäubender Lautstärke an.

Und der Boden begann zu vibrieren.

Als ich erschrocken aufsprang, zitterten meine Beine wie verrückt.

Das Summen wurde immer lauter. Und lauter. Das dumpfe Geräusch füllte den ganzen Raum aus und schien gleichzeitig aus allen Richtungen zu kommen.

Der Boden bebte unter meinen Füßen.

Langsam verlor ich das Gleichgewicht.

Ich ruderte mit den Armen und stolperte rückwärts – als sich die Tür auf einmal wie in Zeitlupe öffnete.

Kapitel 4

Ich stützte mich an der Schalttafel ab und fand mit Mühe mein Gleichgewicht wieder.

Wie hypnotisiert starrte ich auf die Tür.

Sie ging noch ein Stückchen weiter auf, und ein fahles, rotes Licht schimmerte durch die Öffnung.

Auf wackeligen Beinen taumelte ich zur Tür.

„Das wurde aber auch langsam Zeit“, sagte ich, als ich nach draußen trat. „In diesem Raum geht irgendetwas Merkwürdiges vor.“

Aber – was war das?

Vor der Tür stand überhaupt niemand.

Die Spielwarenabteilung lag verlassen da. Bis auf den matten, roten Schein der Leuchtschilder über den Ausgängen war es völlig dunkel.

Nachdem meine Augen sich an das schwache Licht gewöhnt hatten, schaute ich mich um. In einiger Entfernung konnte ich die schattenhaften Umrisse des kitschigen Weihnachtsdorfes erkennen.

Im Schein des roten Lichts sah die Straße des Weihnachtsmanns irgendwie unheimlich aus – wie eine Miniaturausgabe der Fear Street. Jedenfalls wie von dem Teil, wo die verlassenen Häuser stehen. Die, in denen es angeblich spukt.

Ich weiß, wovon ich rede, denn ich wohne in der Fear Street. Okay, ich muss zugeben, dass die alten Bruchbuden wirklich ein bisschen gruselig aussehen. Aber dass es dort spuken soll, ist Quatsch! Wer ist denn schon so blöd und glaubt an Geister?

Zögernd trat ich einen Schritt nach vorn.

„Hey!“, rief ich. „Ist da jemand?“

Meine Stimme hallte durch den riesigen Raum und kam als Echo zu mir zurück.

Ich ging noch ein paar Schritte. Meine Turnschuhe quietschten dabei auf dem Marmorfußboden.

Dann blieb ich reglos stehen und lauschte. Alles, was ich hörte, war mein eigener Herzschlag – aber den dafür ziemlich laut.

Und plötzlich hörte ich noch etwas anderes.

Ich hielt den Atem an. Was war das?

Es klang wie – das leise Bimmeln von Glöckchen.

Schlittenglöckchen. Jetzt war es schon deutlicher. Das Geräusch schien sich vom Dorf des Weihnachtsmanns her zu nähern.

Vorsichtig trat ich durch das Eingangstor.

„Hallo?“, rief ich wieder.

Als ich mit zusammengekniffenen Augen angestrengt in die Dunkelheit starrte, entdeckte ich etwas, das sich bewegte. Hinten, beim Schlitten des Weihnachtsmanns.

Nach einer Weile konnte ich einen schwachen Umriss erkennen – den Umriss eines Mannes, der auf dem goldenen Schlitten saß.

Jetzt stand er auf und kletterte unbeholfen heraus.

Trotz des schwachen Lichts und der Entfernung war zu sehen, dass er sehr dick sein musste. Und sehr groß. Er ging langsam, mit schweren bedächtigen Schritten, die Straße des Weihnachtsmanns hinunter – genau auf mich zu.

„Wer sind Sie?“, rief ich. „Sagen Sie doch was!“ Meine Stimme war etwas schrill und klang ganz fremd in meinen Ohren.

Der Mann gab keine Antwort.

Er kam nur immer näher.

Ich hörte, wie seine schweren Stiefel über den Boden schlurften.

Und bei jedem Schritt, den er machte, ertönte leises Glöckchengebimmel.

Ich wagte kaum, Luft zu holen. Wie angewurzelt stand ich da und sah dem Mann entgegen. Jetzt konnte ich den pelzbesetzten roten Mantel mit der Kapuze und die roten Hosen erkennen.

Es war Joe!

Joe, der immer noch seinen falschen, weißen Bart trug. Nahm er das Ding denn niemals ab?

„Hey, hast *du* die Tür für mich aufgemacht?“, wollte ich wissen.

Er zuckte mit den Achseln. „Vielleicht hab ich’s getan. Vielleicht auch nicht.“

„Hör auf mit dem Quatsch, Joe“, schnaubte ich und verdrehte genervt die Augen. „Hat ja auch lange genug gedauert. Ich hab mir da drinnen fast die Lunge aus dem Hals gebrüllt. Hast du mich denn nicht gehört?“

„Ich habe diese Nacht viel zu tun“, antwortete er. „Schließlich ist heute der große Abend.“

„Schon gut. Schon gut. Ich habe verstanden. Du bist immer noch sauer auf mich, weil ich dir den Bart runtergerissen habe“, sagte ich mit ironischem Unterton. „Du wolltest mir eine Lektion erteilen, was?“

Joe baute sich vor mir auf und sah auf mich herunter. Er schaute mir direkt in die Augen. Dann schüttelte er langsam den Kopf. Unter seinem Bart bemerkte ich ein seltsames, kleines Lächeln.

„Tut es dir wenigstens Leid, was du angestellt hast, Kenny?“, fragte er.

„Wieso? Ist doch weiter nichts passiert“, winkte ich ab. „Die Kleinen werden schon drüber wegkommen.“

„Du bist das ganze Jahr über sehr ungezogen gewesen“, erwiderte Joe in grimmigem Ton.

„Sehr ungezogen“, äffte ich ihn nach. Dann fing ich an zu lachen. „Heb dir die Weihnachtsmann-Nummer für jemand anderen auf. Okay, Joe?“

Er drohte mir mit dem Finger und schaute mich stirnrunzelnd an.

„Komm schon, Joe. Entspann dich ein bisschen. Für mich brauchst du diese Wart-ihr-auch-alle-brav-Schau nicht abzuziehen.“

Immer noch glucksend, packte ich seinen Bart und ruckte einmal kräftig daran.

Er bewegte sich nicht.

Ich zog wieder. Diesmal kräftiger.

Das verdammte Ding ging einfach nicht ab.

Mit zitternder Hand griff ich in seinen falschen Bart, um einen letzten Versuch zu starten.

Kapitel 5

„Wo-womit klebst du dieses Ding eigentlich an?“, stotterte ich verunsichert.

Statt mir eine Antwort zu geben, blies Joe seine runden Wangen auf, die puterrot angelaufen waren.

Er packte mit festem Griff meine Hand und zwang mich, seinen Bart loszulassen. Aber danach hielt er mein Handgelenk weiter umklammert.

Ich schaute hinauf in sein Gesicht und betrachtete es genauer. Selbst in dem schwachen Licht, das seltsame Schatten warf, hatte dieser Kerl keine große Ähnlichkeit mit Joe. Das war mir zuerst gar nicht so aufgefallen, weil ich nur auf seinen Bart geachtet hatte.

Mein Mund wurde plötzlich ganz trocken. Ich fuhr mir mit der Zunge über die Lippen und befreite mein Handgelenk mit einem Ruck aus seinem Griff.

Dann trat ich hastig einen Schritt zurück. Weg von ihm.

„Dieser Bart. Ist der ... ist der etwa echt?“, murmelte ich betreten.

„So ist es.“ Der Typ nickte langsam und bedächtig. Dabei bimmelte ein kleines Glöckchen an seiner Mütze. In dem leeren Kaufhaus klang das richtig unheimlich.

„Und Sie sind auch nicht Joe, stimmt's?“, platzte ich heraus.

„Wieder richtig.“ Er verschränkte die Arme über seiner breiten Brust. „Es wird Zeit, dass wir uns mal unterhalten, Kenny“, sagte er, und seine tiefe Stimme dröhnte durch den menschenleeren Verkaufsraum.

Er kam ein Stück näher.

„Unterhalten? Worüber denn?“, fragte ich misstrauisch.

„Über dich, mein Junge“, antwortete er.

„Was soll das heißen, *über mich*? Wer sind Sie überhaupt?“, feuerte ich zurück.

„Ho-ho-ho!“, lachte er dröhnend. Der Klang kam tief aus seinem Bauch, und sein ganzer Körper bebte dabei. „Du willst mich auf den Arm nehmen, Kenny, oder?“

„Nein, will ich nicht!“, schrie ich ihn an. „Woher soll ich denn wissen, wer Sie sind? Sie stapfen hier einfach in diesem blöden Weihnachtsmannkostüm durch die Gegend und versuchen, mir einen Schreck einzujagen ...“

„Bist du sicher, dass du mich nicht kennst?“

Er beugte sich dichter zu mir und brachte sein Gesicht ganz nah an meins. „Du bist doch ein cleveres Kerlchen. Denk mal nach!“

Ich starrte zu ihm hinauf.

Und dachte nach.

Es gab nur eine logische Antwort.

Aber nein. Das war unmöglich!

„Na?“, fragte er erwartungsvoll.

„Das soll bestimmt ein Witz sein, nicht wahr?“, erwiderte ich. „Gar nicht mal so übel.“ Ich lachte gequält. „Für einen Moment hätte ich Ihnen die Geschichte fast abgenommen. Na ja, ich muss jetzt jedenfalls mal los. Meine Eltern suchen garantiert schon nach mir. Sie machen sich sicher Sorgen um mich.“

„Du kannst nicht einfach so gehen, Kenny.“ Der dicke Mann schüttelte den Kopf. „Nicht, bevor wir unsere Unterhaltung beendet haben.“

„Das mit Ihrem Bart tut mir Leid“, beteuerte ich hastig. „War doch nur ein kleiner Scherz. Tut mir echt Leid, ehrlich.“

„Es gibt da außer meinem Bart noch so einiges, wofür du dich entschuldigen müsstest“, antwortete er mit seiner dröhnenden Stimme. „Du hast eine Menge schlimmer Dinge angestellt. Es wird Zeit, dass du daraus etwas lernst – bevor es zu spät für dich ist.“

„Komm mit!“, befahl er, packte meinen Arm und zog mich hinter sich her. Bis zu der Auslage mit den Puppen, die wie Ballerinas angezogen waren.

Er nahm eine heraus und hielt sie mir hin. Es war die Puppe, die Kristi mir vorhin gezeigt hatte.

Ihr Haar war völlig zerzaust, und ihre Augen öffneten sich nicht mehr, wenn man sie hochhob. Sie wirkte ziemlich mitgenommen.

„Warst du das?“, fragte der seltsame Fremde mit drohender Stimme.

„Ich hab Kristi doch nur ein bisschen geärgert. War wirklich keine große Sache“, verteidigte ich mich. „Schließlich hab ich niemandem wehgetan. Die Puppe spürt doch nichts.“

„Aber kleine Mädchen“, sagte er und öffnete sanft die Augenlider der Puppe. „Und Klassenkameraden. Und Eltern. Und Kinder, denen man ihren Traum vom Weihnachtsmann zerstört.“

Er setzte die Puppe vorsichtig zurück in die Auslage, nachdem er ihr die Haare glatt gestrichen hatte. Dann wandte er sich zu mir um.

„Okay, war's das jetzt? War es das, was Sie mir zeigen wollten?“, fragte ich eifrig. „Ich muss wirklich los. Es wird langsam spät.“

Ich drehte mich um und winkte ihm über die Schulter noch einmal zu. „Bis irgendwann mal!“, rief ich und wollte losrennen.

„Nicht so schnell, junger Mann.“ Er packte mich am Arm und hielt mich fest. Dann schaute er mir tief in die Augen.

Ich versuchte, mich aus seinem festen Griff zu winden, aber es gelang mir nicht.

„Morgen früh wirst du ein völlig anderer Mensch sein, Kenny. Ein netter, wohlerzogener Junge, der Rücksicht auf die Gefühle anderer Menschen nimmt, immer freundlich und hilfsbereit. Und du wirst feststellen, dass es dir überhaupt keinen Spaß mehr macht, irgendjemandem gemeine Streiche zu spielen. Na, was hältst du davon?“

„Toll. Wow! Klingt echt super“, sagte ich nervös. „Kann ich jetzt gehen?“

„Nein, Kenny. Ein paar Freunde von mir haben nämlich vor, dir einen Besuch abzustatten“, erklärte er mit ernster Stimme. Mit *sehr* ernster Stimme.

Das war kein gutes Zeichen.

„Freunde?“, krächzte ich. „Was wollen denn Ihre Freunde von mir?“

„Das wirst du noch früh genug erfahren“, antwortete er. „Der erste wird um neun Uhr erscheinen. Der zweite um zehn. Und der dritte Punkt Mitternacht."

„Mitternacht", wiederholte ich. „Äh ... wissen Sie, das tut mir ja echt Leid, aber ich kann nicht bis Mitternacht bleiben." Ich wand mich aus seinem Griff und ging mit langsamen Schritten davon.

Ob er versuchen würde, mich aufzuhalten?

Nein.

Der seltsame Fremde stand einfach nur da und sah mir hinterher.

Ich stieß einen tiefen, erleichterten Seufzer aus und ging auf die Rolltreppe zu. Sie war natürlich abgestellt. Also rannte ich den ganzen Weg nach unten bis ins Erdgeschoss.

Der Gang direkt vor mir wurde von dem roten Schein eines Schildes mit der Aufschrift *Ausgang* schwach erleuchtet. Ich lief direkt darauf zu.

„Nichts wie raus hier!", dachte ich.

Aber als ich dort ankam, konnte ich seltsamerweise keine Tür entdecken.

In einiger Entfernung, auf der anderen Seite des Ladens, erspähte ich ein weiteres Ausgangsschild.

Ich rannte durch den Hauptgang – vorbei an den verschwommenen Umrissen von Handtaschen, Parfüms und Damenhüten – und steuerte direkt auf das Schild zu.

Hey! Was ging hier eigentlich vor?

Unter dem Schild befand sich eine massive Mauer. Aber keine Tür.

Ich raste durch die Schuhabteilung in den hinteren Teil des Kaufhauses. Zum nächsten Schild.

Aber wieder keine Tür!

Auf einmal hörte ich Schritte hinter mir. Schwere Schritte. Und das leise Gebimmel von Glöckchen.

Als ich erschrocken herumfuhr, stand ich wieder diesem bärtigen Fremden gegenüber. „Können Sie mir vielleicht verraten, wie ich hier rauskomme?“

„Du wirst das Kaufhaus nicht verlassen, Kenny. Jedenfalls nicht heute Nacht“, sagte er mit ruhiger, gelassener Stimme, bei deren Klang mir ein kalter Schauer über den Rücken lief.

„Ich kann nicht so lange hier bleiben“, protestierte ich. „Sie können mich doch nicht allein zurücklassen.“

Er legte mir seine schwere Hand auf die Schulter. Mir fiel auf, dass er jetzt schwarze Lederhandschuhe trug. Und neben ihm entdeckte ich einen riesigen, roten Sack, der so voll gestopft war, dass es aussah, als würde er jeden Moment platzen.

„Du wirst ja auch nicht alleine sein, Kenny“, erinnerte er mich. „Wie ich schon erwähnte, meine Freunde werden dich besuchen. Auf dich wartet ein Weihnachtsabend, wie du ihn noch nie erlebt hast. Und den du nie vergessen wirst.“

Der Ton, in dem er das sagte, gefiel mir überhaupt nicht. Meine Kehle war plötzlich wie zugeschnürt.

„Wer ... wer sind denn Ihre Freunde?“, murmelte ich.

„Geister, Kenny“, antwortete der bärtige Mann. Seine Augen funkelten in der Dunkelheit. „Drei Geister, die sich gern auf Kosten anderer amüsieren. Und ihnen Streiche spielen. Genau wie du.“

Er ging leicht in die Knie, beugte sich vor und wuchtete den schweren Sack auf seine Schultern. Dann entfernte er sich langsam und mit schweren Schritten.

„Fröhliche Weihnachten, Kenny.“ Er winkte mir zum Abschied noch einmal kurz zu, dann verblasste seine Gestalt mehr und mehr.

Er löste sich einfach in Luft auf – direkt vor meinen Augen!

„Warten Sie!“, rief ich ihm hinterher.

„Vergiss nicht, der Erste kommt um neun Uhr. Der Zweite um zehn ...“, drang es schwach an mein Ohr.

Ich machte einen Satz vorwärts und versuchte, den Mann festzuhalten.

Aber inzwischen war er nur noch ein Schatten.

„Und der Dritte Punkt Mitternacht.“

Seine Worte schienen noch einen Moment in der Luft zu schweben.

Noch bevor sie verhallt waren, war der seltsame Fremde verschwunden.

Kapitel 6

„Hey!“, rief ich entgeistert. „Kommen Sie zurück!“

Ich fuhr herum und versuchte, mit meinem Blick das Dämmerlicht zu durchdringen.

„Wo sind Sie?“

Meine Stimme schien von allen Seiten als Echo zu mir zurückzukommen.

Drei Geister, die sich gern auf Kosten anderer amüsieren und ihnen Streiche spielen. Genau wie du, Kenny. Plötzlich fielen mir die Worte des geheimnisvollen Mannes wieder ein.

Geister! Also wirklich, so was Albernes! Dachte er etwa, ich würde ihm *das* abnehmen?

Ich warf einen Blick auf meine Uhr.

Es war jetzt zehn vor neun.

Der erste Geist sollte doch angeblich um neun Uhr auftauchen.

Ich spürte, wie mein Herzschlag sich beschleunigte. Aber dann musste ich über mich selber lachen.

„Jetzt reiß dich mal zusammen, Kenny“, sagte ich zu mir. „Glaubst du allen Ernstes, dass hier in zehn Minuten ein Geist auftaucht? Mitten im Erdgeschoss von Dalby's?“

Ich blickte mich in dem düsteren Kaufhaus um und suchte nach einem weiteren beleuchteten Ausgangsschild. Dort hinten in der Ecke musste eigentlich noch eins sein. Ja, da war es. Erleichtert stürmte ich darauf zu.

Als ich an den Ständern mit Schals und Tüchern vorbeirannte, hatte ich das Gefühl, dass mich jemand beobachtete. Der Mann mit dem Bart. Wahrscheinlich versteckte er sich irgendwo in den Schatten.

Ich konnte seinen Blick förmlich spüren.

Keuchend blieb ich stehen und wirbelte herum.

„Hey, ich weiß, dass Sie da sind!“, rief ich in die Dunkelheit. „Na, los. Zeigen Sie mir, wie man hier wieder rauskommt!“

Keine Antwort.

„Okay, dann eben nicht. Ich werd schon selbst den Ausgang finden“, murmelte ich vor mich hin.

Ich seufzte tief auf und lief weiter. Die Gummisohlen meiner Turnschuhe klatschten leise auf den Marmorfußboden. Das Geräusch hallte unheimlich in der Stille des menschenleeren Kaufhauses.

Als ich das Ende des Ganges erreichte, leuchtete dort das rote Schild mit der Aufschrift

Ausgang. Aber wieder befand sich keine Tür darunter.

„Was ist hier eigentlich los?“, dachte ich wütend und trat mit voller Wucht gegen die Wand. All diese Türen konnten doch nicht einfach so verschwinden! Das machte überhaupt keinen Sinn.

Ein kalter Schweißtropfen rann mir über die Stirn.

Ich drehte mich um und eilte den nächsten Gang hinunter.

Der rote Schein des Leuchtschildes wurde von der gläsernen Oberfläche der Verkaufstresen reflektiert, die voller Lippenstifte, Makeup und Parfümflakons waren.

Verzweifelt hielt ich Ausschau nach einer Tür. Irgendwo musste doch eine sein. Wie sollten sonst die Kunden rein- und rauskommen?

Ich lief den Gang entlang und bog dann in den nächsten ein. Und wieder in den nächsten.

Lief an Reihen von Schaufensterpuppen vorbei, die ihre Hände in den Gang streckten.

Sie beugten sich nach vorne und griffen nach mir. Jedenfalls kam es mir in dem dämmrigen Licht so vor.

Mein Herz schlug wie verrückt, und ich spürte, wie sich meine Nackenhaare aufstellten.

„Das sind nur Schaufensterpuppen. Sie können sich nicht bewegen“, versuchte ich, mich zu beruhigen. Aber es half nichts.

Voller Panik beschleunigte ich mein Tempo.

Und wurde in vollem Lauf gestoppt.

Irgendetwas hatte sich in meiner Jacke verfangen und riss mich zurück.

Als ich nach unten blickte, schnappte ich nach Luft.

KAPITEL 7

Eine Hand hatte meine Jacke gepackt.

Die Hand einer Schaufensterpuppe.

Ich riss mich los und stieß ein nervöses Lachen aus.

„Du bist zu dicht an ihr vorbeigerannt und hast dich dabei irgendwie verfangen“, versuchte ich, mich zu überzeugen. Aber ich wurde das Gefühl nicht los, dass hier etwas nicht stimmte.

Mit unsicheren Schritten lief ich wieder los und warf dabei einen kurzen Blick auf die Leuchtziffern meiner Uhr.

Fünf vor neun! Mein Puls fing an zu rasen, und mir brach der kalte Schweiß aus.

Was sollte ich jetzt tun? In diesem ganzen verdammten Laden gab es keine einzige Tür. Wo konnte ich mich verstecken? Die Gedanken wirbelten wie verrückt durch meinen Kopf.

Ein Telefon.

Genau – das war die Lösung! Ich würde vom Münztelefon aus zu Hause anrufen. Praktischerweise wusste ich sogar, dass es im ersten Stock war.

Ich raste zur Rolltreppe und nahm immer zwei der Metallstufen auf einmal. Dann flitzte ich einen langen Gang voller Küchengeräte entlang, vorbei an Regalen voller Mixer, Toaster und Mikrowellen. Als ich aufblickte, sah ich jemanden am Ende des Ganges stehen.

Einen großen, dünnen Mann.

Ja! Endlich jemand, der mir helfen konnte.

„Hallo! Hallo, Sie da!“, rief ich aufgeregt, während ich auf ihn zustürmte. „Ich bin hier drin eingeschlossen worden. Und im Erdgeschoss sind alle Ausgänge verschwunden. Können Sie mir vielleicht helfen?“

Der Mann stand so reglos da wie eine Statue.

Hatte er mich denn nicht gehört?

Ich war so schnell auf ihn zugerast, dass ich erst in letzter Sekunde bremsen konnte. Beinahe hätte ich ihn über den Haufen gerannt.

Im nächsten Moment wurde mir ganz heiß vor Verlegenheit. Ich kam mir vor wie ein Vollidiot.

Ich hatte mich mit einer lebensgroßen Pappfigur unterhalten. Sie stellte Tex Tabasco dar, den berühmten Profikoch, der eine eigene Fernsehshow hatte. Die Figur hielt eine Bratpfanne hoch, die bei Dalby's gerade im Sonderangebot war.

Plötzlich überfiel mich eine solche Wut, dass ich dem Pappheini einen kräftigen Tritt versetzte und auf ihm herumtrampelte, als er am Boden lag. Als ich nach einer Weile innehielt und keuchend nach Luft schnappte, entdeckte ich ein blau-weißes Hinweisschild, das in einiger Entfernung schwach leuchtete. *Telefon* stand darauf.

Ich ließ den armen Tex völlig zerknittert auf dem Boden zurück und flitzte durch die Bettenabteilung auf das Schild zu. Vorbei an Reihen von Betten, auf denen dicke, flauschig weiche Decken lagen.

Die Sohlen meiner Turnschuhe quietschten laut, als ich wie angewurzelt stehen blieb.

Unter dem Hinweisschild für das Telefon war – nichts.

Kein Apparat zu sehen.

„Ich versteh das alles nicht!“, brüllte ich los. „Was zum Teufel läuft hier eigentlich?“

Verzweifelt ließ ich mich auf das nächstbeste Bett sinken. „Denk nach, Kenny!“, befahl ich mir. „Hier ist irgendetwas oberfaul. Du musst einen Weg nach draußen finden. Und zwar so schnell wie möglich!“

Während ich angestrengt grübelte, musste ich plötzlich gähnen.

Wie aus heiterem Himmel überfiel mich eine abgrundtiefe Müdigkeit.

Meine Lider wurden schwer, und mir fielen langsam die Augen zu. Ich zwang mich, sie wieder zu öffnen.

Ich konnte doch jetzt nicht schlafen!

Aber trotzdem ließ ich mich auf das Kissen sinken und kuschelte mich unter das flauschige Federbett.

„Steh sofort auf!“, befahl ich mir.

Aber es ging nicht. Keine Ahnung, wieso. Mein ganzer Körper fühlte sich bleischwer an, und ich war so müde wie noch nie in meinem ganzen Leben.

Gähnend warf ich einen Blick auf die Uhr: 20:59.

„Ich muss schleunigst hier raus“, murmelte ich schläfrig.

Dann fielen mir die Augen zu, und ich nickte ein. Für eine Minute? Eine Stunde? Ich wusste es nicht.

Ein lauter Knall riss mich aus dem Schlaf.

Erschrocken sah ich mich um.

Die Messingstangen des Bettes begannen zu vibrieren. Das Beben wurde immer stärker, bis das ganze Bett zitterte.

Ich versuchte, mich aufzusetzen. Aber das

Bett schwankte so heftig, dass ich das Gleichgewicht verlor.

Irgendetwas Weißes, Pudriges regnete auf mein Gesicht herab. Ich wischte das Zeug weg und schaute nach oben.

Der Kronleuchter über dem Bett schwang wild hin und her. Dadurch rieselten Kalkstaub und Mörtelbröckchen auf mich herunter.

Aber was war das? Doch nicht etwa ein Erdbeben? In Shadyside?

Das war unmöglich. Hier hatte es noch nie ein Erdbeben gegeben.

Inzwischen wackelte die gesamte Abteilung. Die Betten hüpften auf und ab und knallten krachend auf den Boden. Um mich herum gingen dutzende von Nachttischlämpchen zu Bruch.

Und dann hörte ich ein Dröhnen, das durch das ganze Kaufhaus hallte. Das Dröhnen eines enorm starken Motors, das lauter und lauter wurde.

Es schien aus allen Richtungen gleichzeitig zu kommen.

Ich umklammerte die Messingstäbe des schwankenden Bettes.

Angestrengt starrte ich in die Dunkelheit. Das ohrenbetäubende Dröhnen kam immer näher.

Plötzlich blitzte etwas in der Finsternis auf. Was war das? Vielleicht der Lichtstrahl einer Taschenlampe?

Mein Herz begann aufgeregt zu klopfen.

Das Leuchten verschwand so schnell wieder, wie es gekommen war.

Dann blitzte das Licht erneut auf. Dieses Mal schien es mir direkt in die Augen und blendete mich.

Im ersten Moment konnte ich überhaupt nichts erkennen. Ich beschattete meine Augen mit der Hand.

„W-wer ist da?“, rief ich mit zitternder Stimme.

Und dann sah ich es – ein riesiges, chromblitzendes Motorrad, das den Gang entlangraste.

Genau auf mich zu!

KAPITEL 8

„Nicht! Achtung!“, schrie ich entsetzt und klammerte mich an das Bettgestell.

Die Scheinwerfer des Motorrads, das direkt auf mich zuraste, blendeten mich. Ich schloss die Augen und wartete mit angehaltenem Atem auf den Zusammenstoß.

Aber nichts passierte.

Ich hörte das markerschütternde Quietschen von Bremsen, und als ich wieder Luft holte, atmete ich den Gestank von verbranntem Gummi ein. Ganz langsam öffnete ich die Augen – und schaute genau auf das riesige Vorderrad, das sich nur wenige Zentimeter von meinem Kopf entfernt in der Luft drehte.

Ich warf einen Blick auf den Fahrer und begann, am ganzen Körper zu zittern.

Er trug einen großen, silbernen Helm mit einem tiefschwarzen Visier, hinter dem man die Augen nicht erkennen konnte. Der Rest seines Gesichts wurde von einem stoppeligen, schwarzen Bart verdeckt.

Der Körper des Mannes hatte gewaltige Ausmaße. Unter dem schwarzen T-Shirt und der schwarzen Lederweste konnte man unglaublich breite Schultern erahnen. Aber es waren die Ketten, die mich vor Schreck nach Luft schnappen ließen – große, schwere Eisenketten, die über seine Schultern liefen, sich vorne auf der Brust kreuzten und dann mehrmals um die Taille geschlungen waren.

Mit seinen muskelbepackten Armen hielt er das Vorderrad des Motorrads in die Höhe und gab Gas. Der Reifen drehte sich mit einer wahnsinnigen Geschwindigkeit direkt vor meinem Gesicht.

Ich öffnete den Mund, um etwas zu sagen, aber ich brachte keinen Ton heraus.

Der Motorradfahrer starrte mich wortlos an.

Noch einmal jagte er den dröhnenden Motor hoch – dann ließ er den Vorderreifen mit voller Wucht auf den Boden knallen.

Ich schluckte.

Das Dröhnen des Motors erstarb.

Langsam verzogen sich die Lippen des geheimnisvollen Motorradfahrers zu einem Grinsen und enthüllten einen Mund voll metallisch glänzender Zähne, die in der Dunkelheit unheimlich schimmerten.

„Hallo, Kenny!“, sagte er mit einer tiefen, grollenden Stimme.

Kapitel 9

„W-woher kennst du m-meinen Namen?“, stotterte ich.

Der Motorradfahrer begann schallend zu lachen. Sein Gelächter dröhnte wie Donner.

Ich wischte mir meine schweißnassen Handflächen an der Jacke ab und glitt aus dem Bett. Dann schaute ich mir den seltsamen Fremden genauer an.

Er hatte sich jetzt an sein Motorrad gelehnt und die Arme über der Brust verschränkt.

Seine enormen Schultern schienen beinahe das T-Shirt zu sprengen. Um seine Handgelenke waren breite, mit spitzen, silbernen Nieten besetzte Lederbänder geschlungen.

Die unförmigen Ketten, deren einzelne Glieder größer waren als meine Faust, wanden sich um seinen gigantischen Oberkörper.

Und dann sah ich seine Haut. Seine blaue Haut.

Nach der ersten Schrecksekunde fiel mir auf, dass sie gar nicht blau, sondern über und über mit Tätowierungen bedeckt war. Ich konnte kein einziges freies Fleckchen mehr entdecken.

Mein Blick folgte der Abbildung einer dicken,

blau-grünen Schlange, die sich seinen Arm hinaufwand und sich um seinen gewaltigen Bizeps schlängelte. Ihre roten Augen schienen mich bösartig anzustarren.

Plötzlich schnellte ihre Zunge hervor – ich schrie auf.

Der Motorradfahrer kicherte amüsiert, während die Schlange ein drohendes Zischen ausstieß.

Entsetzt sah ich zu, wie sich der dicke, blaue Schwanz des Monstrums um das Handgelenk des Mannes ringelte.

Ich sog scharf die Luft ein.

„Magst du die Tattoos?“, fragte er grinsend.

„Äh ... ja. Sind echt cool“, stieß ich hervor.

Ich hatte mich kaum von meinem Schreck erholt, als auf einmal eine fette, schwarze Spinne auf dem Unterarm des Motorradfahrers zum Leben erwachte. Sie zuckte mit ihren langen, haarigen Beinen, flitzte zu seinem Ellbogen hinauf und verschwand dann in der Ärmelöffnung seines T-Shirts.

An der Stelle, wo die Spinne verschwunden war, erwachte jetzt ein dunkelroter Totenkopf zum Leben, der mir mit glühenden, gelben Augen zublinzelte.

Ich schluckte und schaute weg.

„W-wer bist d-du?“, stammelte ich.

„Man nennt mich den Nachtwächter“, knurrte der Mann.

„Ach, d-dann bewachst d-du also das Kaufhaus?“, fragte ich nervös.

„Falsch, Kleiner.“ Der Nachtwächter schüttelte bedächtig den Kopf. „Ich bewache *dich*.“

Seine Antwort jagte mir einen kalten Schauer über den Rücken.

„Was hast du hier drin eigentlich zu suchen?“, fragte der Mann mit drohendem Unterton.

„Ich ... ich bin eingeschlossen worden. Es war nicht meine Schuld. Ich kann nichts dafür, ehrlich!“, sprudelte ich hervor. „Also, das war so. Erst bin ich aus dem Computerkontrollraum nicht mehr rausgekommen. Und dann ging plötzlich die Tür auf ...“

Während ich redete, schwang der Nachtwächter eines seiner Beine, das den Umfang eines Baumstamms hatte, über das Motorrad. Er setzte sich in den Sattel, griff nach dem langen, geschwungenen Lenker und zog die Kupplung. Dann hob er den rechten Stiefel und trat mit voller Wucht auf den Kickstarter.

Lange, blaue Flammen schossen krachend aus den silbernen Auspuffrohren. Ich sprang zur Seite, um ihm nicht im Weg zu stehen.

„Uff, er verschwindet!“, dachte ich erleichtert.

„Steig auf!“, brüllte der Nachtwächter über das Dröhnen des Motors hinweg.

„Danke, das ist echt nicht nötig“, sagte ich hastig und winkte ab. „Ich find schon selbst raus.“

Er zeigte mit dem Daumen hinter sich auf den Sattel. „Mach schon!“, kommandierte er mit einer Stimme, die keinen Widerspruch duldete.

Er schaute mich drohend an, und seine dünnen Lippen verzogen sich zu einem Grinsen, das aussah, als würde er die Zähne fletschen.

Am ganzen Körper schlotternd, trat ich neben das Motorrad und kletterte hinter ihm auf den Sattel.

Ich suchte nach irgendetwas, woran ich mich festhalten konnte. Aber außer dem Nachtwächter höchstpersönlich war nichts in Reichweite.

Der Motor heulte mit ohrenbetäubender Lautstärke auf.

Mein Kopf wurde nach hinten geschleudert, als wir mit einem Wahnsinnstempo davonbrausten.

Hastig schlang ich meine Arme um die Taille des Nachtwächters.

Und schnappte fassungslos nach Luft.

Meine Arme gingen einfach durch ihn hindurch.

Ich konnte seinen breiten Rücken mit der Lederweste ganz deutlich vor mir sehen. Und auch die Ketten, die sich um seinen Oberkörper wanden. Aber ich spürte überhaupt nichts.

Nicht das Geringste.

Der Nachtwächter war ein Geist.

KAPITEL 10

Ein Geist!

Verzweifelt klammerte ich mich an den Sitz. Ich hoffte inständig, dass das Motorrad bald wieder langsamer werden würde, damit ich abspringen und weglaufen konnte.

Aber der Nachtwächter raste immer schneller durch die Gänge der Bettenabteilung.

Ich nahm meinen Mut zusammen und sprach ihn an. „Bitte, fahr langsamer!“, bat ich.

„Schneller?“, erwiderte er. „Du willst schneller fahren? Kein Problem!“

Er jagte den Motor noch höher. Dann warf er den Kopf in den Nacken und stieß ein gespenstisches Lachen aus.

„Lass mich runter!“, kreischte ich voller Panik. „Stopp! Ich will absteigen!“ Ich ließ mit einer Hand den Sitz los und hämmerte auf seinen Rücken ein.

Für einen Moment hatte ich ganz vergessen, dass er ein Geist war. Meine Faust ging glatt durch ihn hindurch und durchschnitt die Luft.

„Na, amüsierst du dich gut da hinten, Kenny?“, rief mir der Nachtwächter mit dröhnender Stimme über die Schulter zu.

Wir rasten jetzt durch die Porzellanabteilung und krachten frontal in ein Regal, nachdem er mit Absicht einen Schlenker gefahren war.

Ein ohrenbetäubendes Scheppern ertönte, und zerbrochenes Geschirr flog durch die Luft. Ich zog den Kopf ein und versuchte, mein Gesicht vor den Scherben zu schützen, die auf uns hinunterregneten.

„Ich will absteigen!“, schrie ich wieder und wieder.

Der Nachtwächter warf den Kopf zurück und lachte schallend. „Hey, wo bleibt denn dein Sinn für Humor, Kleiner? Ich dachte, gerade *du* hättest für ein Späßchen immer was übrig. Willst du mir etwa erzählen, dass dir unser kleiner Ausflug nicht gefällt?“

„Nein, äh ... natürlich nicht“, stotterte ich voller Angst. „Aber mir reicht's. Bitte, lass mich runter!“

„Du willst absteigen?“, fragte er. „Klar. Kein Problem. Sobald wir im zweiten Stock sind.“

Ich warf einen Blick über seine Schulter – und keuchte erschrocken auf.

Direkt vor uns lag die Rolltreppe, die in den zweiten Stock führte.

Er würde doch nicht allen Ernstes mit einem Motorrad da hoch fahren wollen, oder?

Wumm!

Das Vorderrad knallte mit voller Wucht auf die erste Stufe. Und dann auf die nächste und die übernächste.

Während wir immer weiter nach oben fuhren, wurde ich durchgeschüttelt wie eine Stoffpuppe.

Ich schloss die Augen und hielt den Atem an.

Endlich hörte das Gerüttel auf. Wir mussten im zweiten Stock angekommen sein.

Erleichtert öffnete ich die Augen.

Aber schon im nächsten Moment kniff ich sie wieder fest zu, als wir eine scharfe Kurve machten und auf die Elektroabteilung zurasten.

Endlich bremste der Nachtwächter das Motorrad ab. Es war jetzt langsam genug, um einen Fluchtversuch zu wagen. Ich nahm all meinen Mut zusammen.

Während wir durch den Gang mit den Fernsehern fuhren, sprang ich kurz entschlossen ab.

„Ja! Ich hab's geschafft!", jubelte ich innerlich. „Jetzt muss ich nur noch einen Weg finden, wie ich hier rauskomme. Aber das Schlimmste habe ich hinter mir."

Ich wusste nicht, wie sehr ich mich da irrte.

Kapitel 11

Der Nachtwächter stieg mit voller Wucht in die Bremsen, und das Motorrad kam schleudernd zum Stehen.

„Komm her, Kleiner!“, rief er mit donnernder Stimme.

Ich drehte mich um und rannte weg. Direkt auf die Rolltreppe zu.

Aber was war das? Irgendeine geheimnisvolle Kraft schien mich zurückzuziehen. Zurück zu diesem unheimlichen Mann, der sich Nachtwächter nannte.

„Du wolltest doch nicht etwa weglaufen, Kenny, oder?“, fragte er drohend.

„Ich muss nach Hause“, jammerte ich.

„Aber dann würdest du das kleine Unterhaltungsprogramm verpassen, das ich für dich geplant habe, und das wäre wirklich schade“, sagte er mit einem höhnischen Grinsen.

Unterhaltungsprogramm?

Was sollte das jetzt wieder heißen? Aber eigentlich wollte ich es lieber nicht wissen.

Deshalb drehte ich mich auf dem Absatz um und flitzte noch einmal in Richtung Rolltreppe.

Leider kam ich nicht weit, denn nach ein paar Metern knallte ich mit voller Wucht gegen den Nachtwächter. Diesmal war sein Körper sehr real und fühlte sich an wie eine Ziegelwand.

Ich taumelte zurück, verlor das Gleichgewicht und ging zu Boden.

„Verschwende nicht meine wertvolle Zeit!“, knurrte er. „Du kannst mir sowieso nicht entkommen. Ich bin ein Geist – schon vergessen? Genauer gesagt, der Geist deiner Vergangenheit.“

„Wie ... wie meinst du das?“, stammelte ich verwirrt.

„Ich bin wirklich enttäuscht von dir, Kenny.“ Der Nachtwächter verschränkte die Arme vor der Brust und schüttelte missbilligend den Kopf. „Hast du es immer noch nicht kapiert?“

„Was denn?“ Ich sah verständnislos zu ihm auf. „Ich weiß überhaupt nicht, wovon du redest.“

„Na, dann will ich es dir mal ganz genau erklären, mein Kleiner. Ich bin der Geist der vergangenen Weihnacht. *Deiner* vergangenen Weihnacht, wohlgemerkt“, setzte er hinzu.

Dann packte er mich am Kragen meiner Jacke und stellte mich wieder auf die Füße. Die Absätze seiner schwarzen Stiefel klackten laut auf dem Marmorboden, während er mich hinter sich her in die Videoabteilung schleifte.

„Setz dich hin!“, befahl er und versetzte mir einen kräftigen Stoß.

Der Nachtwächter begann, einen Stapel Videokassetten durchzuwühlen.

„Einen Film kann ich auch zu Hause anschauen!“, protestierte ich. „Ich muss jetzt endlich los!“

„Tut mir Leid, Kenny. Daraus wird nichts“, sagte er. „Den Film, den ich dir zeigen will, habt ihr garantiert nicht zu Hause.“

Er schob eine Kassette in den Videorekorder.

Der Bildschirm eines riesigen Fernsehers wurde hell. Nach einigen Sekunden sah ich eine Straße, die mir seltsam vertraut vorkam.

„Mensch, das ist ja in Shadyside!“, rief ich. „Ich wusste gar nicht, dass hier schon mal ein Film gedreht worden ist!“

Der Nachtwächter lehnte sich an sein Motorrad, zog einen langen, spitzen Zahnstocher aus Metall aus einer seiner Westentaschen und puhlte sich damit genüsslich in den Zähnen herum.

„Das wird eine ganz besondere Überraschung für dich werden, Kenny!“, sagte er mit einem spöttischen Grinsen, während er seine metallisch schimmernden Zähne weiter mit dem Zahnstocher bearbeitete.

Ich drehte mich wieder zum Fernsehschirm um. Die Kamera schwenkte eine Straße nach der anderen entlang. Überall waren Menschen zu sehen, die sich in dicke Wintermäntel eingemummelt hatten und mit Einkaufstüten, Schachteln und Päckchen beladen waren. Weihnachtsgeschenke!

„Hey, irgendwer muss dieses Video erst heute aufgenommen haben", sagte ich.

Der Nachtwächter schüttelte langsam den Kopf. „Schau weiter zu, Kenny."

Die Kamera war jetzt auf ein einzelnes Gebäude gerichtet – meine Schule.

Und dann war plötzlich unser großer Versammlungsraum zu sehen. Der Direktor stand vorne auf der Bühne und sprach in ein Mikrofon.

„Liebe Schüler", sagte er mit volltönender Stimme. „Ich hoffe, euch allen hat unsere Weihnachtsaufführung gefallen."

„Moment mal! Das kann gar nicht sein", widersprach ich verblüfft. „Unsere Schauspiellehrerin hat sich an Thanksgiving das Bein gebrochen. Deswegen hat in diesem Jahr gar keine Weihnachtsaufführung stattgefunden."

Ich sah den Nachtwächter gespannt an, aber der reagierte nicht. „Schau weiter zu, Kenny“, wiederholte er ungerührt.

„Und nun wird Timmy Smathers die diesjährige Weihnachtsrede halten“, fuhr der Direktor fort.

Die Kamera zeigte jetzt diesen blöden Winzling in Nahaufnahme, der in der ersten Reihe saß und bescheiden lächelte.

Ich starrte angestrengt auf den Bildschirm. Die Szene kam mir so bekannt vor, als hätte ich sie vorher schon mal irgendwo gesehen.

Alle Schüler klatschten, und Timmy stand auf. Während er die Stufen zur Bühne hinaufstieg und zum Podium ging, blätterte er einen ganzen Stapel beschriebener Seiten durch.

Und dann schlich plötzlich aus den Schatten im Hintergrund der Bühne eine Gestalt hervor. Zuerst wusste ich nicht, wer es war, denn ich konnte das Gesicht nicht richtig erkennen.

Aber dann traf mich fast der Schlag!

„Hey, das bin ja ich!“, rief ich.

„Erinnerst du dich noch, was du dort getan hast?“, fragte der Nachtwächter.

„Als ob ich das vergessen könnte!“, antwortete ich. „Das war doch letztes Weihnachten.“ Nur beim Gedanken daran musste ich lachen.

Ich wandte mich wieder zum Bildschirm – gerade rechtzeitig, um zu sehen, wie ich mich hinter das Podium duckte und mir den kleinen Hocker schnappte, den eine Tischlerei extra für Timmy angefertigt hatte. Er musste nämlich etwas erhöht stehen, weil er so klein war.

Als Nächstes sah ich, wie ich – den Hocker an meine Brust gepresst – unbemerkt von der Bühne flitzte und durch eine Seitentür verschwand.

Timmy ging direkt zum Podium und legte die Blätter mit seiner Rede darauf. „Liebe Mitschüler, liebe Lehrer, liebe Eltern“, begann er. „Zu dieser besonderen Zeit des Jahres sind wir alle ...“

Timmy wedelte beim Reden mit den Händen durch die Luft. Und das war auch alles, was man von ihm sehen konnte, denn der Rest seines Körpers wurde vom Podium verdeckt.

Die Kamera schwenkte jetzt auf das Publikum. Zuerst lachten nur ein paar Schüler, und auch die nur hinter vorgehaltener Hand. Von allen Seiten hörte man Zischen und unterdrückte „Ruhe!“-Rufe.

Doch das Gelächter nahm unaufhaltsam zu. Zum Schluss kicherten sogar die, die eben noch um Ruhe gebeten hatten.

Der Anblick der fuchtelnden Hände hinter dem Podium war einfach zu komisch.

Jetzt holte die Kamera mich ganz nah heran. Ich hatte mich inzwischen in die letzte Reihe geschlichen und stimmte einen Sprechgesang an.

„Mi-ni Tim-my! Mi-ni Tim-my!“ Es dauerte nicht lange, bis die anderen Schüler einfielen.

Die Kamera schwenkte zurück zur Bühne. Hinter dem Podium knabberte Timmy auf seiner Unterlippe herum. Über seine knallroten Wangen liefen dicke Tränen.

In diesem Moment stürmte der Direktor auf die Bühne. Er kochte vor Wut.

Der Nachtwächter drückte mit seiner Pranke auf die Stopp-Taste. Das Bild von Timmy mit dem tränenüberströmten Gesicht blieb wie eingefroren stehen.

„Na, reicht dir das?“, fragte er mit kalter Stimme.

„Hey, warum hast du den Film angehalten?“, rief ich empört. „Jetzt wird’s doch erst richtig gut!“

„Weil es *mir* reicht“, knurrte der Nachtwächter und schlug mit der Faust auf den Videorekorder. Das Gerät wurde wie ein Pappkarton zerdrückt und spuckte die Kassette aus.

Dann schob er sein schwarzes Visier hoch – und ich sah zum ersten Mal seine Augen.

Unheimliche, gelbe Augen ohne Lider und ohne Wimpern.

Mir wurde eiskalt.

„Na, was sagst du jetzt?“, brüllte er.

Ich starrte ihn voller Entsetzen an, als seine gelben Augen anfingen zu glühen.

Als ich versuchte, ihm zu antworten, blieben mir die Worte in der Kehle stecken.

„Timmy hat den kleinen Streich, den du ihm letztes Jahr Weihnachten gespielt hast, jedenfalls nicht vergessen“, donnerte der Geist. „Du hast ihn damit schrecklich verletzt, Kenny.“

„Immer m-mit der Ruhe“, stieß ich schließlich hervor. „D-das ist Timmys Problem. Nicht meins.“

Der Geist schüttelte den Kopf. „Da irrst du dich aber gewaltig. Es ist *dein* Problem, Kenny!“

KAPITEL 12

Die dünnen Lippen des Nachtwächters verzogen sich zu einem Lächeln. Zu einem grässlichen, geisterhaften Lächeln.

Er kam langsam auf mich zu – die dicken Finger zu Fäusten geballt.

„Lauf!“, schoss es mir durch den Kopf. „Steh auf und lauf weg!“

Aber ich konnte mich nicht bewegen.

„Das ... das war doch nur Spaß“, stotterte ich. „Nur ein kleiner Streich!“

„Du wirst für das bezahlen, was du Timmy angetan hast!“, rief der Geist und streckte seine riesigen Hände nach mir aus.

Plötzlich war der Bann gebrochen. Ich duckte mich, sprang vom Boden auf und rannte.

Rannte so schnell ich konnte.

Als ich an der langen Reihe Fernseher vorbeiraste, hörte ich, wie hinter mir mit lautem Dröhnen der Motor der schweren Maschine angelassen wurde.

Ich schlitterte um die Ecke und blieb kurz stehen. Vor mir lag die Möbelabteilung. Stühle ... Sofas ... Tische. Getrennt durch Sperrholzwände, die lauter kleine Zimmer bildeten.

Dort musste ich mich doch irgendwo verstecken können.

Das Dröhnen des Motorrads kam näher.

Ich rannte durch die winzigen Räume, flitzte rein und raus und schlug Haken wie ein Hase auf der Flucht.

Aber immer, wenn ich mich umdrehte, war das Motorrad dicht hinter mir.

„Du kannst mir nicht entkommen, Kenny", grölte der Geist. „Gib auf!"

Ich bekam Seitenstiche vom Laufen, und mein Herz klopfte schmerzhaft gegen meine Rippen.

Hinter mir hörte ich, wie das riesige Motorrad auf seiner Verfolgungsjagd krachend einen Tisch zur Seite fegte und Stühle umwarf.

„Gleich hab ich dich, Kenny!", kreischte der Geist. Sogar über den dröhnenden Lärm des Motors hinweg hörte ich sein böses, hämisches Gelächter – und das Rasseln und Klirren seiner schweren Ketten.

„Das Versteckspiel ist vorbei, Kenny!", rief er mit einem irren Kichern. „Du hast verloren!"

Ich stürmte aus der Möbelabteilung.

Das röhrende Geräusch des Motors verfolgte mich durch das Kaufhaus und schien von den Wänden widerzuhallen.

Ich lief und lief – bis es nicht mehr weiterging und ich vor einem Geländer stand, das mir bis zur Taille reichte.

Hastig warf ich einen Blick hinunter.

Direkt unter mir lag die Heimwerkerabteilung im ersten Stock.

Genauer gesagt, die Auslage mit den Motorsägen. Mehrere Reihen messerscharfer Schneiden glitzerten bedrohlich im dämmrigen Licht.

„Na, Kenny. Immer auf dem Sprung? Ha-haha." Der Nachtwächter lachte dröhnend. „Guter Witz, was?"

Ich fuhr herum.

Der Geist saß nur ein paar Meter von mir entfernt auf seinem Motorrad – beide Beine auf den Boden gestemmt und die Arme lässig auf den Lenker gestützt. Wie war er so schnell hierher gekommen?

„Können wir nicht nochmal über die Sache reden?", stieß ich hervor.

Statt einer Antwort ließ der Nachtwächter den Motor seiner Maschine aufheulen.

Ich schaute gehetzt nach links und rechts. Nichts zu machen. Ich saß in der Falle. Der Geist hatte mir jeden Fluchtweg abgeschnitten.

Hastig warf ich einen Blick über die Schulter

in den ersten Stock. Auf die scharfen Klingen, die genau unter mir aufgereiht waren.

Dann schaute ich zurück zu dem Geist. Seine Augen glühten in der Dunkelheit mit einem unheimlichen, gelben Schimmer und starrten mich triumphierend an.

Mein Herzschlag raste, und das Blut in meinen Schläfen pochte. Für einen Moment schien die Zeit stillzustehen.

Doch dann klappte der Nachtwächter mit einer energischen Bewegung das schwarze Visier herunter und zog den Kinnriemen seines Helms fest.

„Gute Landung, Kenny", rief er hämisch und verzog das Gesicht zu einem breiten, bösartigen Grinsen.

Dann gab er Vollgas und raste los.

Ich kniff voller Entsetzen die Augen zu.

„Neiiiin!", schrie ich, als ich in letzter Sekunde über die Brüstung sprang.

Und nach unten stürzte.

Kapitel 13

Ich landete mit einem dumpfen Schlag.

Zuerst hatte ich Angst, die Augen aufzumachen.

Hatte Angst, mich zu bewegen. Angst, dass die scharfen Schneiden der Motorsägen meine Haut aufschlitzen würden.

Aber ich spürte keinen Schmerz und auch nichts Spitzes.

Ganz im Gegenteil – was auch immer das unter mir war, es fühlte sich schön weich an.

Vorsichtig öffnete ich die Augen – und schnappte ungläubig nach Luft.

Ich lag in einem Bett!

Langsam setzte ich mich auf und blickte mich um. Ja, ich war tatsächlich wieder in der Bettenabteilung. In demselben Bett wie vorhin.

Aber was war mit dem Nachtwächter passiert? Ich fuhr hoch, sah mich angespannt und wachsam um und lauschte auf das Dröhnen des Motorrads.

Nichts zu hören.

Das Kaufhaus lag dunkel und verlassen da.

Hatte ich das alles nur geträumt? War ich eingeschlafen und hatte einen furchtbaren Albtraum gehabt?

„Natürlich. So muss es gewesen sein“, versuchte ich mich zu beruhigen. „In Wirklichkeit fährt doch niemand mit einem Motorrad durch Dalby’s. Und Geister gibt’s überhaupt nicht!“

Mein Herzschlag beruhigte sich langsam wieder, und ich fühlte mich schon ein bisschen besser.

Dann warf ich einen Blick auf meine Uhr.

Gleich zehn.

Mit einem Mal fiel mir wieder ein, was der Weihnachtsmann gesagt hatte. Der erste Geist um neun. Der zweite um zehn.

Mich durchlief ein eisiger Schauer. Fröstelnd zog ich mir die Bettdecke um die Schultern.

„Geister gibt’s überhaupt nicht“, sagte ich mir noch einmal.

Entschlossen schob ich meine Beine über die Bettkante.

Es wurde langsam Zeit, dass ich hier rauskam. Meine Eltern machten sich bestimmt schon furchtbare Sorgen.

Ich gähnte herzhaft.

Warum war ich denn schon wieder müde? Und warum war mir so schrecklich kalt? Ich fror bis auf die Knochen.

Bibbernd zog ich meine Beine wieder ins Bett und kuschelte mich unter die warme Decke. Mussten sie denn auch unbedingt die Heizung über Nacht abstellen? Ich gähnte ein zweites Mal, als ich meinen Kopf aufs Kissen legte.

Ich zog meine Knie an die Brust, kauerte mich zusammen und mummelte mich in die Bettdecke ein.

In dem großen Raum wurde es eisig kalt.

Ich begann, heftig zu zittern, und meine Zähne klapperten vor Kälte.

Wäre ich doch jetzt bloß zu Hause! Wo war Mum? Warum hatte sie nicht auf mich gewartet?

Plötzlich fuhr eine heftige Windböe durch das Kaufhaus. Sie fegte durch die Bettenabteilung und ließ Decken und Kissen durch die Luft wirbeln.

Der Wind jagte heulend durch die Gänge und wurde immer stärker.

„Moment mal!“, schoss es mir durch den Kopf. „Hier im Kaufhaus gibt’s doch gar keine Fenster. Wo kommt dann dieser Wind her?“

Ein eiskalter Lufthauch brannte mir im Gesicht und in den Augen. Ich zitterte jetzt am ganzen Körper und rollte mich zu einem frierenden Häuflein Elend auf dem Bett zusammen.

Der Wind zerrte an meiner Decke. Ich versuchte verzweifelt, sie festzuhalten.

Aber der Wind nahm immer weiter zu und hatte jetzt beinahe Sturmstärke erreicht. Mit unheimlicher Gewalt riss er mir die Decke aus den Händen. Sie segelte in dem starken Luftstrom nach oben.

Gardinen und Vorhänge wurden reihenweise von den Stangen gerissen und wirbelten in einem Durcheinander aus bunten Farben davon. Handtücher und Badematten flogen aus den Regalen, und Prospekte flatterten durch die Luft.

Der nächste wuchtige Windstoß riss eine Gardinenstange aus ihrer Verankerung und trieb sie genau auf mich zu.

In letzter Sekunde hob ich mein Kissen, um sie abzublocken. Die schwere Stange prallte ab und landete krachend auf dem Boden.

Doch jetzt zerrte der Wind mit aller Kraft an meinem Kissen und zerfetzte es in meinen Händen.

Als ich nach einem anderen Kissen greifen wollte, merkte ich, dass inzwischen alle durch die Luft segelten. Der unglaublich starke Wind schüttelte sie so lange, bis nur noch Fetzen von ihnen übrig waren.

Federn und Schaumstoffflocken wirbelten durch die Luft. So dicht, dass man kaum noch die Hand vor Augen sehen konnte. Dann sanken sie langsam herab und landeten kalt und feucht auf meiner Haut.

Kalt und feucht?

Die Federn hatten sich in Schnee verwandelt.

Schnee? Mitten im Kaufhaus?

„He, Nachtwächter!“, rief ich, aber meine Worte wurden vom tosenden Wind verschluckt. „Bist du irgendwo da draußen? Geht das hier auf dein Konto?“

Plötzlich sah ich durch die wirbelnden Flocken, dass etwas auf mich zukam.

Nein – nicht *etwas*, sondern *jemand.*

Ein Mann in einem langen, wehenden Umhang. Weiß wie die Schneeflocken über seinem Kopf.

Eiszapfen hingen von seinem Gesicht. Glitzernde Eiszapfen, die aus seinen weißen Haaren und seinem langen, dünnen Bart zu wachsen schienen.

Langsam schritt er durch den herumwirbelnden Schnee auf mich zu.

Mein Herz setzte einen Moment lang aus, als ich sein gespenstisches, leichenblasses Gesicht erkennen konnte. Ein Gesicht, das aussah, als wäre es aus einem groben Eisblock herausgehauen.

Mit kalten, blauen Augen, deren frostiger Blick mir einen Schauer über den Rücken jagte, und mit eingefallenen Wangen, die von Raureif überzogen waren.

Sein Mund wirkte wie ein langer, gezackter Riss.

„Ken-ny!", rief er mit einer dumpfen Stimme, die wie der eiskalte, heulende Wind klang.

„Wer ... wer bist du?", flüsterte ich in den Schneesturm. „*Was* ... bist du?"

Der seltsame Fremde kam näher. Eine eisbedeckte, klauenartige Hand, die in der Dunkelheit glitzerte, glitt aus dem langen Ärmel seines Umhangs.

Ich wich langsam immer weiter zurück. Bis ich ans Kopfteil des Bettes stieß.

Die unheimliche Gestalt in dem Umhang griff nach mir – und umklammerte mit ihrer Hand meine Schulter.

Mich durchfuhr es eiskalt.

„Kenny", ächzte das Wesen mit dumpfer Stimme. „Ich bin der Geist deiner gegenwärtigen Weihnacht."

KAPITEL 14

Die Gestalt verstärkte ihren Griff um meine Schulter, und wieder lief ein eiskalter Schauer durch meinen ganzen Körper.

„Wer ... wer bist du?", fragte ich noch einmal, während meine Zähne sowohl vor Angst als auch vor Kälte klapperten.

„Man nennt mich den Eismann", erklärte das Wesen und packte mich noch fester, als ich versuchte, mich aus seinem Griff zu befreien.

Der Schnee fiel jetzt immer dichter, und die Flocken brannten in meinem Gesicht. Der kalte Wind fegte heulend durch das Kaufhaus.

„M-mir ist s-so kalt!", stieß ich mühsam hervor. „Bitte m-mach, dass es aufhört!"

Ein grausames Lächeln verzerrte die schmalen Lippen des Eismanns.

„Du wirst dich schon daran gewöhnen", sagte er mit einem bösartigen Kichern. „Es dauert nur eine Weile."

„Aber du bist ein Geist!", erwiderte ich. „Bei dir ist das etwas anderes."

„Du wirst dich auch daran gewöhnen!", knurrte er ungerührt.

Ich versuchte, den dicken Kloß in meinem Hals herunterzuschlucken. Würde ich hier erfrieren und ebenfalls in einen Geist verwandelt werden?

„Niemals! Das darf ich nicht zulassen!“, dachte ich schaudernd und schüttelte entschlossen den Kopf.

Dabei spürte ich etwas Seltsames in meinem Haar.

Vorsichtig tastete ich danach.

Es war ein langer Eiszapfen.

Oh nein!

„Was machst du mit mir?“, rief ich entsetzt.

„Bis jetzt noch gar nichts“, antwortete er mit seiner unheimlichen, tiefen Stimme. „Aber – sieh mal nach oben.“

Ich blickte auf und schaute direkt in den Himmel. In einen samtschwarzen Nachthimmel voll funkelnder Sterne. Der zunehmende Mond strahlte ein sanftes Leuchten aus.

Als ich verwirrt wieder nach unten sah, war Dalby's verschwunden.

Wir waren nicht mehr in der Bettenabteilung.

Wir standen draußen!

Ja! Endlich hatte ich es geschafft, aus diesem grässlichen Kaufhaus zu entkommen.

„Wo sind wir?“, wollte ich wissen.

„Erkennst du deine eigene Straße etwa nicht?“, stöhnte der Eismann. „Wir sind in der Fear Street.“

Als ich herumfuhr, sah ich als Erstes unser Haus. Wir standen direkt davor auf dem Bürgersteig. Der vertraute Weihnachtskranz hing an der Tür, und die Fenster waren hell erleuchtet. Eine Welle der Erleichterung durchfuhr mich.

„Jetzt ist doch alles wieder in Ordnung, nicht wahr?“, fragte ich aufgeregt.

Der Eismann schüttelte den Kopf. „Für dich ist es deine dunkelste Stunde“, verkündete er mit ernster Stimme.

„Aber es ist Weihnachten, und ich bin zu Hause!“, rief ich aus.

Der Eismann warf einen Blick auf unser Gartentor. Gleich darauf wurde es von einer scharfen Windböe aufgestoßen. Er zeigte mit seinem eisüberzogenen Finger auf mich.

„Geh!“, befahl er.

Schnell lief ich den Weg zu unserem Haus entlang.

Der Eismann schwebte hinter mir her.

Ich fror noch immer furchtbar. Die Kälte ging mir durch und durch. Bibbernd schlang ich die Arme um meinen Körper und rubbelte kräftig.

„Wenn ich erst mal drin bin, wird mir schon wieder warm werden“, tröstete ich mich.

Von der Veranda aus warf ich einen Blick durch das Wohnzimmerfenster. Genau wie ich erwartet hatte, saßen Mum, Dad und Kristi um den Kamin. Ein Stück abseits stand unser festlich geschmückter Christbaum, an dem die bunten Lichter funkelten.

Ich seufzte glücklich auf.

Es war Weihnachten – und ich war endlich wieder zu Hause!

Ich ging zur Tür und wollte gerade klingeln, als der Eismann meine Hand mit seinen frostigen Fingern beiseite fegte. „Warum willst du sie stören?“, fragte er mit barscher Stimme.

„Ich hab keinen Schlüssel dabei,“ erklärte ich ihm.

„Du bist doch sonst so ein cleverer Bursche, Kenny“, sagte der Eismann mit einem unangenehmen Grinsen. „Bist du noch nicht darauf gekommen, dass wir gar keinen Schlüssel brauchen?“

„Was?“

Er lieferte mir keine weiteren Erklärungen, sondern machte nur einen Schritt nach vorn. Sein Fuß ging einfach durch die Tür hindurch, als wäre sie nicht vorhanden.

„Na, komm schon, Kenny!“, drängte er ungeduldig.

„Ich ... ich kann nicht“, stotterte ich.

Die klauenartige Hand des Eismanns schloss sich mit festem Griff um mein Handgelenk. Dann zerrte er mich unerbittlich hinter sich her.

Oh, nein! Ich kniff die Augen zusammen und rechnete damit, jeden Moment gegen unsere Haustür zu knallen.

Aber das tat ich nicht.

Mein Körper glitt problemlos hindurch!

Erschrocken blickte ich an mir herunter.

Was war passiert?

„Aber *ich* bin doch gar kein Geist!“, rief ich, als wir in unserem Flur standen.

„Noch nicht“, antwortete der Eismann achselzuckend. Dann deutete er zum Wohnzimmer.

Mum, Dad und Kristi saßen am Kamin. Ich hatte eigentlich erwartet, dass sie ihre Geschenke auspacken würden. Aber die lagen noch ordentlich aufgestapelt und hübsch eingepackt unter dem Baum.

Komisch.

„Er ist verschwunden“, schluchzte Kristi. „Er ist verschwunden und wird nie, nie wiederkommen!“

„Manchmal passieren solche Dinge eben“, versuchte Mum sie zu trösten und strich ihr sanft über die Schulter.

„Aber das ist nicht fair!“, heulte Kristi. „Ich vermiss ihn doch so!“

Mein Vater stand auf und holte das größte Paket, das unter dem Weihnachtsbaum lag. „Hier mein Schatz. Mach's auf!“, drängte er. „Das wird dich bestimmt aufheitern!“

„Wird es nicht“, antwortete Kristi unter Tränen. „Ich bin erst wieder froh, wenn er heil und gesund zurück nach Hause gekommen ist.“

Ich sah, wie Mum und Dad traurige Blicke wechselten, und ich wusste auch, warum.

Sie vermissten mich!

Ich konnte es nicht ertragen, sie so unglücklich zu sehen.

Mit aller Kraft riss ich mich aus dem Griff des Eismanns los und rannte auf sie zu. „Ich bin wieder da, Mum und Dad!“, rief ich. „Ich bin zu Hause, Kristi! Es ist alles wieder in Ordnung. Jetzt können wir endlich zusammen Weihnachten feiern.“

Aber keiner von ihnen blickte auf.

Sahen sie mich denn nicht?

„Hier bin ich!“, rief ich noch etwas lauter. „Ich bin zurück!“

Aber Kristi schluchzte trotzdem weiter, und Mum und Dad machten besorgte Gesichter.

„Was ist denn mit ihnen los?“, fragte ich den Eismann verwundert.

Der zuckte mit den Achseln. „Sie können dich nicht sehen, Kenny“, antwortete er mit grollender Stimme. „Und sie können dich auch nicht hören.“

„Warum nicht?“, fragte ich.

In diesem Moment klingelte es. Mein Vater ging zur Tür, um aufzumachen.

Auf den Stufen stand Timmy Smathers.

Na, toll! Was wollte denn diese Pfeife hier?

„Fröhliche Weihnachten, Mr Frobisher!“, sagte er höflich.

„Ich fürchte, für uns ist es dieses Jahr kein sehr fröhliches Fest“, entgegnete mein Vater mit düsterer Miene. „Aber komm doch rein.“

Timmy nahm die Kapuze seines Parkas ab und trat in den Flur. Mir fiel auf, dass er eine Leine in der Hand hatte. Als er daran zog, kam ein Hund ins Haus gestürmt und flitzte sofort ins Wohnzimmer.

Oscar! Unser Cockerspaniel.

Warum war er bei Timmy gewesen?

Oscar bellte begeistert und sprang schwanzwedelnd umher.

„Oscar!“, quiekte Kristi glücklich. „Du bist zurückgekommen. Du bist wieder da! Und dir ist nichts passiert.“

Sie kniete sich strahlend auf den Boden, und Oscar sprang in ihre Arme und leckte ihr begeistert das Gesicht.

Mum kam hinzu und tätschelte dem Spaniel liebevoll den Kopf. „Jetzt hat sich doch noch alles zum Guten gewendet, nicht wahr?“, seufzte sie erleichtert.

„Nun ja, ohne Oscar wäre es doch auch gar kein richtiges Weihnachten gewesen“, sagte Dad gerührt.

Ich unterdrückte einen bestürzten Ausruf.

Sie hatten gar nicht *mich* vermisst!

All die Tränen und die Aufregung hatten Oscar gegolten. Unserem Hund!

„Ich danke dir, Timmy.“ Dad klopfte ihm auf die Schulter. „Danke, dass du Oscar gefunden und nach Hause gebracht hast. Jetzt können wir wirklich fröhliche Weihnachten feiern.“

„Warum bleibst du nicht noch ein Weilchen und isst mit uns, Timmy?“, schaltete Mum sich ein.

Timmy warf einen Blick auf den Tisch im Esszimmer, auf dem schon alles für ein festliches Weihnachtsessen bereitstand.

„Hmmm, das sieht aber lecker aus. Und wir haben heute schon ziemlich früh gegessen“, sagte er. „Wenn ich das so sehe, könnte ich glatt wieder Hunger kriegen.“

„Dann ist es also abgemacht!“, rief Mum. „Du bleibst zum Essen.“

„Sind Sie sicher?“, fragte Timmy. „Ich meine, haben Sie denn auch genug?“

„Keine Sorge, mein Junge! Du kannst Kennys Portion haben“, entgegnete mein Vater mit einer wegwerfenden Handbewegung.

„Das geht nicht, Dad!“, platzte ich heraus. „Was ist mit mir? Was soll ich essen?“

Aber ich hatte ganz vergessen, dass er mich ja weder sehen noch hören konnte.

„Kenny kommt sowieso nie rechtzeitig zum Essen“, erklärte er Timmy. „Nicht mal zu Weihnachten.“

„Ich glaub's einfach nicht!“, stöhnte ich.

Ich spürte, wie die frostigen Finger des Eismanns meinen Arm umklammerten. Wieder durchfuhr mich ein eisiger Schauer.

„Sieh mal“, sagte er und zeigte auf den Christbaum.

Mum zog gerade ein großes Päckchen darunter hervor. „Fröhliche Weihnachten!“, sagte sie und reichte Timmy das Geschenk. „Für dich.“

Timmy las das Kärtchen, das unter der roten Schleife baumelte. „Aber da steht doch *Für Kenny* drauf“, wandte er ein.

Mit einem Lächeln riss Mum den Geschenkanhänger ab und warf ihn ins Feuer. „Mach dir deswegen keine Gedanken“, winkte sie ab. „Kenny gefällt sowieso nie etwas, was er von uns bekommt. Er meckert immer nur über seine Geschenke.“

„Das stimmt doch gar nicht!“, protestierte ich. Aber ich spürte, wie mir das Herz sank.

Es stimmte sehr wohl.

„Komm, Kenny!“, befahl der Eismann. „Wir müssen los.“

„Aber wie können sie mir das antun? Wir haben Weihnachten doch immer zusammen gefeiert! Ohne mich ist es einfach nicht dasselbe.“

„Da hast du Recht.“ Ein grausames Lächeln umspielte die schmalen, blau gefrorenen Lippen des Eismanns. „Ohne dich ist es *besser*, Kenny. Viel besser.“

Als ich mich noch einmal umdrehte, sah ich, wie meine Familie den Rest ihrer Geschenke auspackte. Ich hatte sie noch nie so glücklich gesehen.

Der Geist umklammerte mein Handgelenk.

Diesmal versuchte ich gar nicht erst, mich zu

befreien. Ich wusste, dass es hoffnungslos war – weder Kristi noch meine Eltern vermissten mich. Nicht mal sie konnten mich leiden!

Wieder zog mich der Eismann hinter sich her durch die Haustür. Draußen hatte es zu schneien begonnen, und dichte Flocken wirbelten vom Himmel. Eine eisige Böe fuhr wie ein Messer durch mich hindurch, und ich fröstelte.

Der Eismann schien vor mir dahinzuschweben.

„Ich muss mit dir reden!“, rief ich.

Aber er wandte nicht mal den Kopf. Er entfernte sich immer weiter, während ich verzweifelt hinter ihm herstolperte. Ich musste ihn unbedingt einholen!

Die Schneeflocken wirbelten um mich herum, und ihre Kälte stach mir ins Gesicht und in die Hände. Man konnte nur noch ein paar Schritte weit sehen.

Ich hatte den Eismann inzwischen völlig aus den Augen verloren und wusste nicht, in welche Richtung ich gehen sollte.

Der eisige Wind peitschte unbarmherzig auf mich ein – auf meinen Kopf, meine Brust, meine Beine. Er blies mich zurück ... zur Seite ... wirbelte mich im Kreis herum.

Mit aller Kraft stemmte ich mich gegen die heftigen Böen.

Nach einer Weile fragte ich mich, ob ich überhaupt einen Millimeter vorangekommen war.

Ich war verloren!

Mein Herz raste vor Angst.

Der Eismann hatte doch gesagt, dass ich enden würde wie er. Als eiskalter, gefühlloser Geist.

Fand diese Verwandlung gerade in diesem Augenblick statt?

Ich wirbelte herum und versuchte verzweifelt, eine Spur des Eismanns zu entdecken.

Der Wind fegte heulend um mich herum. Ich stolperte über eine Schneewehe und stürzte auf den harten, gefrorenen Boden.

Mit letzter Kraft zwang ich mich, aufzustehen und weiterzugehen. Bloß nicht stehen bleiben. Dann würde ich erfrieren.

„Eismann! Wo bist du?“, schrie ich. „Lass mich hier draußen nicht allein!“

KAPITEL 15

Ich stolperte durch den Schneesturm.

Meine Füße fühlten sich an wie zwei Eisblöcke, und ich hatte überhaupt kein Gefühl mehr in den Fingern. Bei jedem Atemzug brannte die eisige Luft in meinen Lungen.

„Eismann!“, rief ich mit letzter Kraft. „Eismann! Wo bist du?“

Eine heftige Windböe warf mich um, und ich landete kopfüber in einer tiefen Schneewehe.

Hustend und spuckend wischte ich mir den Schnee aus dem Gesicht und blinzelte in die Finsternis. Dann krabbelte ich auf allen vieren weiter durch das Schneegestöber.

Es kam mir so vor, als wäre ich schon eine Ewigkeit unterwegs, als ich endlich in einiger Entfernung eine Art Lichtung erblickte, wo es nicht zu schneien schien.

Mit gesenktem Kopf kämpfte ich mich voran.

Verbissen krabbelte ich immer weiter, bis ich etwas Weiches unter meinen Händen spürte. Etwas Warmes und Trockenes!

Mit hastigen Bewegungen wischte ich mir den Schnee von Wangen und Wimpern.

Aber es war gar kein Schnee.
Es waren – Federn!
Ich blickte auf.
Das konnte doch nicht sein. Ich war wieder im Kaufhaus!
Mitten in der Bettenabteilung. Ich kniete auf dem Messingbett, wo ich vorhin eingeschlafen war.
„Was zum Teufel geht hier vor?“, dachte ich erschrocken und erleichtert zugleich.
Überall lagen Gardinen, Handtücher, Bettdecken und Badematten – und jeder Zentimeter war mit einer weißen Schicht aus Federn und Schaumstoffflocken bedeckt. Es sah aus wie nach einem Schneesturm.
Ich bekam eine Gänsehaut.
Jetzt wusste ich, dass ich nicht geträumt hatte.
Alles war wirklich passiert. Sogar die Geister – und zwar alle beide – waren echt gewesen.
Ich musste so schnell wie möglich von hier verschwinden, bevor auch noch der dritte Geist auftauchte.
Mit Schwung setzte ich die Füße auf den Boden. Ich wollte gerade aufstehen, als ich plötzlich gähnen musste.
Gegen meinen Willen fielen mir die Augen zu.

„Nein!“, schrie ich entsetzt. „Nicht schon wieder!“

Ich klatschte mir ins Gesicht. „Wach auf! Na los, mach schon!“, brüllte ich mich an.

Aber es funktionierte genauso wenig wie die ersten beiden Male.

Gähnend rollte ich mich auf dem Bett zusammen.

„Ich darf auf keinen Fall einschlafen ...“, murmelte ich, während meine Lider immer schwerer wurden.

Und dann war ich auch schon eingenickt.

Peng!

Ein lauter Knall riss mich unsanft aus dem Schlaf. Ich setzte mich ruckartig im Bett auf und wagte kaum zu atmen.

Bunte Lichter blitzten vor meinen Augen auf.

Rot. Gelb. Grün.

An und aus. An und aus.

Laute Musik dröhnte durch den Raum.

„Schmück dein Grab mit Tannengrün!“, kreischte eine hohe, schrille Stimme. „Dumdidel-dum und fa-la-la-la-la!“

Hastig warf ich einen Blick auf meine Uhr.

Es war Punkt zwölf – Mitternacht!

Mein Herz schlug wie verrückt.

Der dritte Geist!

Kapitel 16

Wie von der Tarantel gestochen sprang ich aus dem Bett.

„Lauf! Lauf um dein Leben!“, dröhnte es in meinem Kopf.

Ich rannte den Gang entlang und immer weiter, ohne darauf zu achten, wohin.

Plötzlich war ich in einer Abteilung, in der ich vorher noch nicht gewesen war. Ich flitzte an Schaufensterpuppen vorbei, die Tennisklamotten, Skianoraks und Badeanzüge trugen. Das musste dann ja wohl die neue Sportabteilung sein.

Schlitternd kam ich zum Stehen. Vielleicht konnte ich mich hier irgendwo verstecken.

„Bleib, Kenny!“, flüsterte jemand.

Ich fuhr herum. „Wer ... wer ist da?“

„Sei kein Idiot!“ Diesmal eine andere Stimme. „Verschwinde von hier. Sofort!“

„Wer ist da? Wer seid ihr?“ Mir brach der kalte Angstschweiß aus. „Warum antwortet ihr mir nicht?“

Ich blinzelte mit zusammengekniffenen Augen in die Dunkelheit. Das matte, rote Licht der Ausgangsschilder tauchte alles in einen unheimlichen Schimmer – die Kleidung, die Verkaufstresen und die Schaufensterpuppen.

Die Schaufensterpuppen!

Als ich sie mir genauer anschaute, schienen sie zurückzustarren – mit leeren Augen und ausdruckslosen Gesichtern.

Mit einem unbehaglichen Gefühl musterte ich die Puppe rechts neben mir. Sie trug schicke, teure Golfklamotten und hielt einen Schläger in der Hand.

Und dann sah ich es.

Sah, wie der rechte Arm der Schaufensterpuppe sich zu bewegen begann.

Ich blickte hinauf in ihr Gesicht und wollte meinen Augen nicht trauen. Langsam verzogen sich ihre Lippen zu einem starren Lächeln. Dann holte sie mit dem Golfschläger aus.

Gerade noch rechtzeitig konnte ich einen Sprung zur Seite machen.

„Es ist hoffnungslos, Kenny“, wisperte eine Schaufensterpuppe hinter mir. „Egal, wohin du auch gehst, wir kriegen dich!“

Entsetzt starrte ich die Puppen an, die jetzt alle zum Leben erwachten. Sie fingen an, sich zu bewegen, räkelten und streckten sich stöhnend und blinzelten mit den Augen. Es war eine gespenstische Szene.

Völlig überrumpelt stolperte ich ein paar Schritte zurück. „Steckst du dahinter, Eismann? Oder bist du das, Nachtwächter?“, flüsterte ich tonlos.

Oder war es der Geist, den ich noch nicht getroffen hatte? Der dritte Geist?

Die Schaufensterpuppe in dem Skianorak streckte ihre Arme aus. Bewegte unbeholfen ein Bein. Dann das andere. Mit steifen, ruckartigen Schritten wankte sie von ihrem Podest.

Sie kam direkt auf mich zu und starrte mir mit ihren glasigen Augen unverwandt ins Gesicht.

Dann hob sie mit einer unerwartet schnellen Bewegung ihren Skistock und schleuderte ihn in meine Richtung.

Wieder konnte ich in letzter Sekunde ausweichen. Mir wurde klar, dass ich hier schleunigst verschwinden musste.

Ich drehte mich um und wollte den Gang entlangrennen, als ich entsetzt feststellte, dass eine Gruppe Schaufensterpuppen mir mit verschränkten Armen den Weg versperrt hatte.

„Ich ... ich hab keine Angst vor euch“, stotterte ich. „Ihr seid doch nur ein Haufen blöder Puppen!“

Die Schaufensterpuppen brachen in ein

schrilles, misstönendes Lachen aus, das mich vor Angst erstarren ließ.

Ich riss mich zusammen, wandte mich um und rannte in die andere Richtung. Am Ende des Ganges blieb ich stehen und schaute vorsichtig um die Ecke. Die Luft war rein. Also lief ich weiter.

„Nicht so schnell, Kenny!“ Plötzlich schoss eine Schaufensterpuppe im Fußballtrikot hinter einem Regal hervor und stellte mir ein Bein. Ich landete mit voller Wucht auf dem Boden.

„Lasst mich in Ruhe!“, brüllte ich, während ich mich wieder aufrappelte.

„Na, soll ich dir die Hand geben?“, kreischte sie, schraubte mit einem hässlichen Kichern ihre Hand ab und warf sie mir zu.

Ich rannte so schnell ich konnte davon.

„Du willst doch noch nicht gehen, oder?“, beschwerte sich eine Schaufensterpuppe im Badeanzug und versperrte mir den Weg. „Wir fangen doch gerade erst an, ein bisschen Spaß zu haben!“

Ihr grauenhaftes, schrilles Kichern, das mir das Blut in den Adern gefrieren ließ, hallte durch das ganze Kaufhaus.

Ich hielt mir die Ohren zu und rannte den Gang wieder zurück.

Aus dem Augenwinkel sah ich, wie immer mehr der lebensgroßen Gestalten die Verfolgung aufnahmen. Ihre abgehackten Bewegungen waren fast noch Furcht erregender als ihr schrilles Lachen, das mich die ganze Zeit verfolgte.

Ich rannte noch schneller.

Direkt auf die Spielwarenabteilung zu. Kurz vor dem Eingang stoppte ich ab.

In dem schwachen Licht konnte ich erkennen, wie die riesigen, hölzernen Soldaten, die das Dorf des Weihnachtsmanns bewachten, ihre steifen Hälse reckten. Ihre Arme ausstreckten. Und sich mit unbeholfenen Schritten vorwärts bewegten.

Sie schauten mir direkt in die Augen – und marschierten auf mich zu.

„Gib auf, Kenny!“, riefen sie mit tiefer, dröhnender Stimme. „Wir kriegen dich sowieso.“

Ich versuchte, meine Panik zurückzudrängen, und raste los.

Die hölzernen Soldaten folgten mir mit beängstigender Geschwindigkeit.

Ich rannte schneller und schneller.

Meine Lungen brannten wie Feuer, und mir taten die Beine weh. Aber ich konnte nicht stehen bleiben.

Ich musste weg von hier!

Pling!

Das Geräusch klang ganz nah.

Der Fahrstuhl!

Warum hatte ich ihn eigentlich vorher nicht gesehen, als ich nach dem Ausgang gesucht hatte?

Egal. Ich hatte jetzt keine Zeit, lange darüber nachzudenken.

Ich rannte schnurstracks auf den Fahrstuhl zu. Die Türen glitten auf, und ich sprang hinein.

Die Soldaten kamen immer näher. Sie waren jetzt nur noch wenige Meter entfernt.

Panisch drückte ich auf alle Knöpfe.

Nichts passierte! Die Türen gingen einfach nicht wieder zu.

Die Soldaten hatten mich schon fast erreicht.

Einer von ihnen sprang zu mir in den Fahrstuhl.

Ich versuchte, ihn wegzuschubsen, und trat nach ihm. Mit dem einzigen Erfolg, dass ich mir an seinen hölzernen Beinen fürchterlich die Zehen stieß.

Der Soldat packte meinen Arm. Unsanft versuchte er, mich nach draußen zu zerren.

„Nein!“, brüllte ich. „Lass mich los! Lass mich sofort los, du Holzkopf!“

Einen Fuß noch im Fahrstuhl, den anderen bereits draußen, knallte ich meine flache Hand ein letztes Mal auf die Knöpfe.

Ja, endlich! Die Türen des Fahrstuhls glitten langsam zu.

Mit einem heftigen Ruck befreite ich mich aus dem Griff des Soldaten – genau in dem Moment, als die Tür sich schloss.

Ich spürte, wie der Fahrstuhl unter meinen Füßen ruckte und sich in Bewegung setzte. Er fuhr langsam nach unten.

Ich blickte zur Anzeigetafel hinauf, auf der die Nummer des jeweiligen Stockwerks zu sehen war.

Gerade leuchtete eine rote Zwei auf.

Ob die Soldaten wohl mit dem anderen Fahrstuhl nach unten fahren würden? Würden sie eher im Erdgeschoss sein als ich und dort schon auf mich warten? Bereit zum Angriff?

„Mach schon! Fahr schneller!“, drängte ich den Fahrstuhl in Gedanken und wischte mir die schweißnassen Hände an der Hose ab.

Hektisch drückte ich gleich mehrmals auf den Knopf mit dem E für Erdgeschoss.

Die rote Zwei erlosch.

Als Nächstes leuchtete die Eins auf.

Dann das E.

Ich schaute auf die Tür – alle Muskeln angespannt und bereit, sofort loszusprinten, wenn sie sich öffnete.

Aber der Fahrstuhl hielt nicht an. Er fuhr weiter. Tiefer und tiefer.

Obwohl ich den Nothalteknopf drückte, sank er immer weiter nach unten.

Oh nein!

Ich spürte, wie der Fahrstuhl schneller wurde.

Das gab es doch gar nicht! Kein Gebäude in Shadyside hatte einen Keller, der so tief hinunterreichte. Ich schluckte.

Der Fahrstuhl legte noch einmal an Geschwindigkeit zu. In rasender Fahrt ging es abwärts.

Ich kauerte mich auf den Boden und bereitete mich auf den Aufprall vor. Mit zitternden Händen hielt ich mir die Augen zu.

Plötzlich wurde der Fahrstuhl langsamer.

Dann blieb er ganz stehen, und die Tür öffnete sich zischend.

Ich rappelte mich auf und trat mit wackeligen Beinen hinaus in einen schmalen Raum.

In dem schwachen Licht, das dort herrschte, konnte ich undeutlich braune Wände erkennen. Ein feuchter, kühler Lufthauch strich über mich hinweg, und ich bemerkte einen muffigen Geruch.

Pling!

Ich fuhr herum. Aber zu spät. Der Fahrstuhl war bereits wieder weg. Einfach verschwunden!

Ich stieß ein lautes Stöhnen aus.

Was nun? Jetzt saß ich hier in der Falle.

Vorsichtig berührte ich die Wand. Die Oberfläche zerbröselte unter meinen Fingerspitzen.

Erde! Die Wand bestand aus Erde!

Ich betastete die anderen drei Wände. Auch sie waren aus Erde.

Verwirrt blickte ich zur Decke auf – aber da war keine!

Über meinem Kopf wiegten sich die nackten Äste eines Baums hin und her. Zwischen den Zweigen hindurch blinkten die Sterne, und eine schmale Mondsichel stand am nächtlichen Himmel.

Ganz langsam drehte ich mich um mich selbst und betrachtete jede einzelne der seltsamen Wände aus Erde.

Wo war ich hier bloß gelandet?

Und plötzlich wusste ich es.

Ich stand in einem offenen Grab.

Kapitel 17

Oh nein! Was machte ich denn in einem Grab?

„Werd jetzt bloß nicht panisch“, redete ich mir gut zu. „Denk nach!“

Der Fear Street-Friedhof war nur drei Straßen von unserem Haus entfernt. Also war ich wahrscheinlich hier gelandet.

Ich betrachtete die Wände des Grabs. Wenn ich es irgendwie schaffte rauszuklettern, konnte ich von hier aus nach Hause rennen und würde innerhalb kürzester Zeit wieder in meinem eigenen Bett liegen. Was für eine verlockende Vorstellung ...

Entschlossen bohrte ich einen Fuß in die Wand, krallte mich mit den Fingern in die Erde und zog mich ächzend hoch.

Dann fand ich an einer Wurzel über mir Halt und kletterte noch ein Stückchen höher.

Langsam schob ich mich weiter nach oben.

Die Erde zerbröselte unter meinen Fingern und fiel mir aufs Gesicht, rieselte in meine Augen und auf meine Lippen. Ich konnte sie sogar auf der Zunge schmecken.

Ich kletterte und kletterte.

Fast hatte ich es geschafft.

Aber dann musste ich anhalten. Etwas Kaltes, Schleimiges ringelte sich über meine Hand.

Ich lockerte meinen Griff und schüttelte erschrocken meine Finger.

Ein fetter, aufgedunsener Wurm flog davon.

Äh, wie widerlich!

Wieder begann ich mich hochzuziehen.

Plötzlich spürte ich, wie etwas in meinen Jackenärmel glitt und immer weiter meinen Arm hinaufkroch.

Vor Schreck verlor ich den Halt und stürzte auf den Boden zurück. Ich zitterte am ganzen Körper.

Aber ich musste mich jetzt zusammenreißen.

„Du wirst dir doch von zwei schleimigen Würmern keine Angst einjagen lassen", sprach ich mir gut zu und rappelte mich hoch.

Wieder krallte ich mich in die Erde und tastete nach einer Baumwurzel, an der ich mich nach oben ziehen konnte.

Und ich fand auch eine.

Ich hielt mich daran fest und kletterte an der Wand hoch. Höher und höher.

Fast hatte ich es geschafft.

Ich konnte bereits über den Rand schauen.

Das Mondlicht warf einen kalten, unheimlichen Schimmer über die Grabsteine und die Bäume, die seltsam verkrüppelt wirkten.

Schatten huschten über die Gräber, und dicker Nebel hing in der Luft.

Der Friedhof lag verlassen da. Es herrschte absolute Stille. Dann fiel mein Blick auf ein verrostetes Tor, das aus den Angeln hing – das Friedhofstor. Es war nur ein paar Meter entfernt. Wenn ich es bis dahin schaffte, wäre ich gerettet!

Ich streckte beide Hände über den Rand und klammerte mich an einigen Grasbüscheln fest.

Mit aller Kraft versuchte ich, mich aus dem Grab zu ziehen, während ich die Augen fest auf das Tor geheftet hatte. Aber wie sehr ich auch zog und zerrte, ich kam keinen Millimeter voran. Mein linkes Bein hatte sich in einer Wurzel verfangen.

Kapitel 18

Ich hatte panische Angst, wieder zurück in das dunkle Erdloch zu fallen. Krampfhaft krallte ich mich an den Grasbüscheln fest.

Für einen Moment dachte ich, ich hätte etwas gesehen, das sich im Schatten der Bäume bewegte.

War dort hinten jemand?

„Hilfe!“, schrie ich. „Ist da wer?“

Irgendetwas bewegte sich da hinten auf dem Friedhof!

Diesmal war ich mir ganz sicher.

Eine verschwommene Gestalt kam durch den Nebel auf mich zu. Jedenfalls sah es so aus, als ob sie in meine Richtung ging.

„Helfen Sie mir!“, keuchte ich. „Hilfe ...“

Die Gestalt blieb stehen.

„Hierher!“, schrie ich mit überschnappender Stimme. „Hier bin ich!“

Die schattenhafte Gestalt näherte sich langsam. Sie hatte mich gehört und kam, um mir zu helfen!

„Beeilen Sie sich! Schnell, bevor es zu spät ist! Bitte helfen Sie mir hoch!“, rief ich flehend.

Die Gestalt kam näher und näher. Nun konnte ich erkennen, dass es ein Mann war, der etwas in der Hand hielt, das aussah wie ein langer Stab.

Das musste der Friedhofsverwalter sein!

Dann fiel mir der lange, schwarze Umhang auf, den er trug. Und die spitze Kapuze, die sein Gesicht fast völlig verdeckte.

Komische Kleidung für einen Friedhofsverwalter.

Als er auf einmal vor mir stand und sich zu mir hinunterbeugte, begann ich zu schreien.

Fünf lange, knochige Finger umklammerten den Stab. Die Hand eines Skeletts. Unter der Kapuze befand sich kein Gesicht. Nur ein Totenschädel, der mich mit glühenden, roten Augen anstarrte.

„D-der d-d-dritte Geist!“, stotterte ich. „Der Geist der zukünftigen Weihnacht.“

Meiner zukünftigen Weihnacht.

KAPITEL 19

Der Geist nickte langsam.

Stumm zog er seine andere Hand unter dem Umhang hervor und hielt sie in die Höhe. Sein knochiger Zeigefinger leuchtete gelblich durch den Nebel.

Mit seinem unheimlich glühenden Finger zeigte er zur anderen Seite des Friedhofs, wo in diesem Moment drei weitere Gestalten aus dem dichten Nebel auftauchten und genau auf uns zumarschierten.

Als sie näher kamen, sah ich, dass es Kinder waren. Ungefähr so groß wie ich und in meinem Alter. Ein stämmiger, blonder Junge, ein Mädchen mit langen, rötlichen Locken und ein zweiter, schmächtiger Junge mit kurzen, dunklen Haaren.

Sie würden mir bestimmt helfen!

„Hier rüber!“, rief ich. „Hilfe! Ich kann mich nicht mehr lange halten.“

Die Kinder näherten sich mit langsamen Schritten.

„Beeilt euch!“, schrie ich voller Panik.

Aber sie sagten kein Wort.

Und sie gingen auch nicht schneller.

„Was ist denn mit denen los?“, fragte ich mich verwundert. „Warum antworten sie mir nicht? Und warum beeilen sie sich nicht ein bisschen?“

Die Kinder kamen immer näher.

Ihre Art zu gehen sah irgendwie merkwürdig aus. Die Bewegungen wirkten steif und abgehackt. Ähnlich wie bei den Schaufensterpuppen.

Auch ihre Gesichter machten einen seltsamen Eindruck. Sie sahen stumpf und abwesend aus, und der Blick der Kinder schien ins Leere zu gehen.

„Ist mit euch alles in Ordnung?“, rief ich ihnen zu. „Oder seid ihr auch in Schwierigkeiten?“

Die Kinder blieben vor mir stehen.

Während ich noch ihre Gesichter betrachtete, begannen die Kinder zu summen.

Zuerst ganz leise.

Dann lauter. Es klang jetzt mehr wie ein Ächzen.

Der kräftige Junge mit den blonden Haaren stand am dichtesten bei mir. „Hilf mir! Gib mir deine Hand!“, rief ich ihm zu.

Aber er antwortete nicht und rührte auch keinen Finger, um mir zu helfen.

Das gruselige Stöhnen wurde lauter.

Dann brach es plötzlich ab, und die seltsamen Kinder begannen zu lachen. Dabei veränderten sich ihre Gesichter.

Ihre Augen traten hervor.

Ihre Lippen wurden blau.

In sprachlosem Entsetzen beobachtete ich, wie glitschiger Schleim aus ihren Poren sickerte und kleine Pfützen auf der Erde bildete.

Ein ekelhafter Gestank trieb auf mich zu.

Sie waren Monster!

Widerwärtige, abstoßende Monster!

Kapitel 20

„Monster!“, schrie ich mit überschnappender Stimme und wandte den Kopf ab, damit ich ihre Furcht erregenden Gesichter nicht ansehen musste.

„Schau her, Kenny!“, kreischten sie im Chor. „Schau uns an!“

„Ich ... ich kann nicht“, stammelte ich.

Die Ungeheuer kreischten vor Lachen. Das Mädchen schob ihr widerwärtiges Gesicht ganz dicht an meins heran.

„Bin ich nicht schön?“, fragte sie mit einem abstoßenden Grinsen.

„Du ... du bist das Ekligste, was ich in meinem ganzen Leben gesehen habe!“, stieß ich hervor und versuchte, gleichzeitig die Luft anzuhalten.

„Du wirst deine Meinung bald ändern“, johlte der dunkelhaarige Junge mit gehässiger Stimme. „Wenn du erst mal so aussiehst wie wir!“

„Niemals!“, schrie ich. „Ich werde niemals aussehen wie ihr!“

„Leb wie ein Monster. Stirb wie ein Monster. Leb wie ein Monster. Stirb wie ein Monster.“

Die drei Ungeheuer stimmten einen monotonen Singsang an.

Dann ließen sie sich neben mir nieder und grinsten mich an.

„Haut ab!“, schrie ich. „Lasst mich in Ruhe!“

Die Monster brachen in hämisches Gelächter aus und konnten sich gar nicht wieder beruhigen.

Ich warf einen Blick auf den Geist. Er hob seinen glühenden Finger, und das Lachen brach abrupt ab.

„Wir waren mal genau wie du“, sagte eines der Monster. „Uns hat es auch einen Riesenspaß gemacht, gemein zu anderen Menschen zu sein.“

„Genau wie du. Genau wie du“, wiederholten die drei in ihrem unheimlichen Singsang.

Dann kicherten sie wieder.

„Du bist unsere Vergangenheit“, schnarrte das Mädchen mit heiserer Stimme. „Aber wir sind deine Zukunft!“

„Oh, neiiin!“, stöhnte ich entsetzt.

Jetzt ging mir ein Licht auf.

Diese Frau bei Dalby's hatte mich Monster genannt.

Leb wie ein Monster. Stirb wie ein Monster.

Ja, jetzt hatte ich es endlich verstanden.

Ich schaute hinauf zu dem dritten Geist.

Er richtete drohend seinen leuchtenden Finger auf mich.

Wahrscheinlich würde er mich nun in eins von diesen widerwärtigen Ungeheuern verwandeln – für immer.

Der Geist kniete sich neben mich und strich mit seinem knochigen Finger über meine Wange.

„Nein, bitte nicht!“, bettelte ich. „Gib mir eine zweite Chance! Ich werde auch alles tun, was du willst. Alles, glaub mir! Ich werde mich ändern. Ich ... ich werde ab heute gut sein, bestimmt!“

KAPITEL 21

„Bitte!“, flehte ich. „Bitte! Bitte! Tu mir nichts!“

„Beruhige dich, mein Junge!“ Irgendwo über mir flammte ein Licht auf. „Glaub mir, hier ist nichts, wovor du Angst haben müsstest.“

Jemand berührte mich am Arm. Langsam öffnete ich die Augen. Neben mir hockte ein Wachmann in blauer Uniform und sah mich freundlich an. Ein Wachmann von Dalby’s.

„Die Tür klemmt ab und zu mal“, sagte er entschuldigend, während er mich aus dem kleinen Raum führte.

Sofort versammelte sich eine Schar neugieriger Kunden um uns. Durch eine Lücke in der Menge konnte ich das Dorf des Weihnachtsmanns erkennen.

„Wir haben eine Weile gebraucht, bis wir gemerkt haben, dass du dort drinnen eingesperrt bist“, fuhr der Wachmann fort. „Bei dem ganzen Krach hier draußen haben wir deine Rufe zuerst überhaupt nicht gehört.“

Ich blickte über die Schulter zurück zum Computerkontrollraum. Der Wachmann griff hinter sich und zog die Tür zu.

Ich schaute auf meine Armbanduhr: 19:50.

Dann warf ich einen Blick auf die Datumsanzeige: 24.12.

„Heute ist doch Weihnachten, nicht wahr?“, fragte ich, nur um ganz sicherzugehen.

„Ja, natürlich ist heute Weihnachten“, antwortete der Wachmann mit verwirrter Miene. „Und das Kaufhaus schließt in zehn Minuten. Wenn wir dich nicht gefunden hätten, hättest du wahrscheinlich den ganzen ersten Feiertag hier verbringen müssen.“

Ich blickte die Straße des Weihnachtsmanns hinunter und sah, wie er in seinem Schlitten saß und dem letzten Kind, das er für heute auf dem Schoß hatte, eine Zuckerstange in die Hand drückte. Die Kleine strahlte vor Glück.

Und ich sah, wie all die kleinen Wichtel um den großen Christbaum herumtanzten und ein letztes Weihnachtslied sangen.

In meinem ganzen Leben hatte ich noch nie etwas so Schönes gesehen.

„Deine Mutter und deine Schwester haben nach dir gesucht. Aber dann haben sie gedacht, dass du schon zu Hause bist, und sind gegangen“, fuhr der Wachmann fort. „Du machst dich besser auf den Weg, damit sie sich keine Sorgen machen.“

„Sie haben Recht, ich sollte mich beeilen“, sagte ich.

Wieder warf ich einen Blick auf die Uhr: 19:55.

Nur noch fünf Minuten, bis das Kaufhaus zumachte. Würde die Zeit reichen?

Nachdem ich mich von dem freundlichen Wachmann verabschiedet hatte, flitzte ich hinüber zu der Auslage mit den Puppen.

Ich musste unbedingt diese kleine Ballerina finden! Schließlich hatte ich Kristi mit meinem gemeinen Streich genau in dem Moment unterbrochen, als sie dem Weihnachtsmann von ihrem größten Wunsch erzählen wollte.

Und in der ganzen Aufregung hinterher hatte sie bestimmt nicht mehr daran gedacht, es Mum zu sagen.

Zum Glück entdeckte ich die Ballett-Tänzerin ganz unten im Regal zwischen anderen Puppen. Ich fischte sie heraus und rannte damit zu einer Verkäuferin.

„Wie viel kostet die hier?“, wollte ich wissen.

„Oh, diese Puppe kostet zehn Dollar“, antwortete die Verkäuferin freundlich.

Ich stieß einen tiefen Seufzer aus und griff in meine Hosentasche, obwohl ich genau wusste, dass ich nur noch eine Fünf-Dollar-Note hatte.

„Haben Sie vielleicht auch eine etwas kleinere Puppe? Eine, die fünf Dollar kostet?“, fragte ich die Verkäuferin, während ich den Geldschein auseinander faltete.

Als ich nach unten schaute, blieb mir vor Staunen die Luft weg.

Ich hielt eine Zehn-Dollar-Note in der Hand!

„Äh ... hier, bitte schön“, sagte ich verwundert und reichte ihr das Geld. „Ich kann die Puppe doch kaufen. Fröhliche Weihnachten!“

„Das wünsche ich dir auch“, entgegnete die Frau lächelnd. Sie steckte die Puppe in eine Tüte und reichte sie mir vorsichtig über die Kasse.

Ich rannte durch das Kaufhaus.

„Fröhliche Weihnachten!“, rief ich und winkte allen Leuten zu, während ich mit der Rolltreppe nach unten fuhr.

„Das ist doch Kenny Frobisher“, hörte ich eine Frau erstaunt ausrufen.

„Nein, das kann nicht sein“, widersprach eine andere. „Kenny Frobisher hat noch nie freiwillig etwas Nettes zu jemandem gesagt.“

„Ich bin's wirklich“, rief ich den beiden zu. „Und ein glückliches, neues Jahr wünsche ich Ihnen auch!“

Dann flitzte ich durch den Haupteingang nach draußen.

Kapitel 22

Ich rannte den ganzen Weg nach Hause und hielt dabei die Einkaufstüte mit Kristis Geschenk fest umklammert.

Während ich die Fear Street entlanglief, fiel mir überall der Weihnachtsschmuck an den Türen und in den Vorgärten unserer Nachbarn auf. Und durch die Fenster konnte ich die liebevoll geschmückten Christbäume sehen, an denen die Kerzen brannten. Es war ein wunderschöner Anblick!

Aber der schönste Baum von allen stand hinter dem großen Wohnzimmerfenster der Fear Street Nummer siebenundzwanzig – meinem Zuhause.

Ich klopfte kräftig an die Tür. Im nächsten Moment wurde sie auch schon von innen aufgerissen, und Mum stand vor mir.

„Kenny!“, rief sie. „Da bist du ja!“ Ihr Gesicht leuchtete auf, und sie lächelte mich liebevoll an. „Ich hab mir ja solche Sorgen um dich gemacht, mein Schatz!“

„Fröhliche Weihnachten, Mum!“, begrüßte ich sie. Dann stürmte ich an ihr vorbei ins Wohnzimmer.

Der geschmückte Christbaum, das knisternde Feuer im Kamin, die leise Weihnachtsmusik – alles war perfekt. Genau so, wie es am Weihnachtsabend sein sollte.

Dad saß in seinem Lieblingssessel vor dem Baum und hatte ein altes Buch auf dem Schoß. Mum hockte sich neben Kristi auf den Boden, die es sich im Schneidersitz vor dem Kamin bequem gemacht hatte.

Auf dem Couchtisch stand ein Tablett mit Bechern voll dampfend heißem Kakao und einem Teller selbst gebackener Plätzchen.

„Tut mir Leid, Kenny“, sagte Dad mit sanfter Stimme. „Ich lese gerade die Weihnachtsgeschichte von Dickens vor. Ich weiß, dass du sie nicht ausstehen kannst.“

„Jetzt nicht mehr, Dad“, entgegnete ich, schnappte mir einen Becher heißen Kakao und ließ mich aufs Sofa plumpsen. „Jetzt ist es eine meiner Lieblingsgeschichten!“

Dad schüttelte lachend den Kopf. „Wie kommt das denn?“, fragte er erstaunt.

Ich trank einen winzigen Schluck von meinem Kakao und kuschelte mich in die Sofapolster.

„Das ist eine lange Geschichte, Dad“, antwortete ich.

Und eine gruselige war es auch.
Jedenfalls eine, die ich nie vergessen würde.

Am nächsten Morgen sprang ich aus dem Bett und zog ungeduldig die Jalousien hoch.

Wow!

Über Nacht war in Shadyside mindestens eine Tonne Schnee gefallen. Er funkelte und glitzerte in der strahlenden Morgensonne. In der Fear Street sah es aus wie auf einer kitschigen Weihnachtskarte.

„Kenny, bist du schon wach?", rief Mum und steckte gleich darauf ihren Kopf durch die Tür. „Ist Oscar bei dir? Ich kann ihn nirgendwo finden."

„Oscar, wo bist du? Komm her, mein Junge!", rief ich.

Ich durchsuchte mein Zimmer und sah unter dem Bett und im Schrank nach. Aber keine Spur von Oscar. Auch in all seinen anderen Lieblingsverstecken war er nicht zu finden.

„Er ist nicht hier, Mum."

„Dann werden wir wohl weitersuchen müssen", seufzte sie. „Kristi ist schrecklich aufgeregt. Ich kann sie gar nicht beruhigen. Wenn wir Oscar nicht bald finden, ist das ganze Weihnachtsfest für sie verdorben."

„Mach dir keine Sorgen, letztes Mal ist er doch auch zurückgekommen, oder?“

„Letztes Mal? Wie meinst du das?“, fragte Mum und sah mich stirnrunzelnd an. „Oscar war doch bis jetzt noch nie verschwunden.“

Während ich Mum hinterherschaute, die kopfschüttelnd die Tür zumachte, fiel mir plötzlich alles wieder ein.

Der Nachtwächter.

Der Eismann.

Der Geist auf dem Fear-Street-Friedhof.

Die drei gruseligen Monster.

Mich überlief ein kalter Schauer.

Ich ließ meinen Blick durchs Zimmer wandern. Betrachtete meinen Schreibtisch, meine Poster, meine elektrische Gitarre und meine Rollerskates – nur, um mich zu vergewissern, dass alles ein Traum gewesen war. Ein Albtraum, der schlimmste, den ich je gehabt hatte!

Dann zog ich mir Jeans und ein Sweatshirt über, putzte mir schnell die Zähne und flitzte nach unten. In der Küche kniete Kristi mit gesenktem Kopf neben Oscars Hundekörbchen.

„Er kommt ganz bestimmt zurück“, sagte ich tröstend.

Als sie zu mir aufblickte, sah ich Tränen in

ihren Augen glitzern. „Und wenn nicht?“, flüsterte sie mit piepsiger Stimme. „Was ist, wenn er sich verlaufen hat? Oder wenn ihn jemand mitgenommen hat? Oder er vor ein Auto ...“

„Mach dir keine Sorgen, Kristi“, unterbrach ich sie und klopfte ihr beruhigend auf die Schulter. „Mit Oscar ist bestimmt alles in Ordnung. Wetten, er wird jeden Moment wieder nach Hause kommen?“

Eigentlich war ich mir da gar nicht so sicher. Aber ich musste doch irgendetwas sagen, um meine kleine Schwester zu trösten, oder?

In diesem Moment klingelte es an der Haustür.

„Ich geh schon!“, rief ich.

Als ich die Tür aufriss, fiel mein Blick auf Timmy Smathers, der auf der Veranda stand und eine Hundeleine in der Hand hielt.

Genau wie in meinem Traum!

„Sieh mal, wen ich gefunden habe!“, sagte Timmy. Er trat ein Stück beiseite, und Oscar flitzte bellend an ihm vorbei ins Haus.

„Oscar!“, quietschte Kristi überglücklich.

„Wuff! Wuff!“ Oscar sprang in ihre Arme und leckte ihr begeistert das Gesicht.

„Ich hab ihn hinter unserem Haus entdeckt“, erklärte Timmy. „Und da bin ich gleich rübergekommen. Ich dachte, ihr habt euren Hund sicher schon vermisst."

„Mensch, danke, Timmy. Du bist wirklich ein netter Kerl. Ich glaube, das hab ich dir bis jetzt noch nie gesagt."

Timmy schaute mich unsicher an. Er schien sich zu fragen, ob ich ihn wieder mal auf den Arm nehmen wollte. Das konnte ich ihm nicht verdenken. Ich spürte, wie meine Wangen vor Verlegenheit knallrot anliefen.

„Ist das jetzt wieder so ein Trick von dir?", fragte er misstrauisch. „Du versteckst doch nicht etwa eine Wasserpistole hinter deinem Rücken, oder?"

„Nein, das ist kein Trick, Timmy", erwiderte ich. „Von jetzt an wird alles anders", versprach ich ihm. „Ich werde dir keine gemeinen Streiche mehr spielen – und auch niemand anderem. Nie wieder!"

„Ach, wirst du nicht?", fragte Timmy völlig verdattert. „Was ist denn mit dir passiert?"

„Man könnte sagen, ich habe einen schlechten Traum gehabt", antwortete ich ausweichend. „Aber jetzt bin ich endlich aufgewacht!"

Aus dem Augenwinkel sah ich, wie Kristi im Wohnzimmer in den Geschenken unter dem Christbaum herumkramte. Da fiel mir ein, dass ich ihre Puppe noch gar nicht eingepackt hatte.

„Hey, Timmy. Komm doch mal für 'ne Minute mit", flüsterte ich ihm zu. „Ich muss noch ein Geschenk verpacken."

„Klar", sagte er und folgte mir in die Vorratskammer hinter der Küche, wo ich Kristis Puppe versteckt hatte. Ich suchte mir einen Karton, nahm mir einen Bogen Geschenkpapier und fing an, sie einzupacken.

„Kristi wird sich bestimmt riesig freuen", sagte ich, während ich zuletzt noch ein glänzendes, rotes Band um den Karton schlang.

„Mann, Kenny." Timmy seufzte verwundert, während er mir zusah. „Ich glaube, dieser Traum scheint dich echt verändert zu haben. Du bist ja gar nicht wiederzuerkennen." Er presste seinen Zeigefinger auf das Band, damit ich einen Knoten machen konnte.

„Danke", sagte ich und mühte mich ab, eine ordentliche Schleife zu binden.

Während ich mit dem Geschenkband kämpfte, fiel mein Blick auf Timmys Finger. Er war so knochig wie der Finger eines Skeletts!

Ich schluckte und zog hastig die Schleife zu.

Als ich aufblickte, sah ich, wie Timmy nachdenklich seinen Zeigefinger ans Kinn legte.

Mir klappte vor Entsetzen der Unterkiefer herunter.

Timmys Finger schien zu glühen!

Ich schaute ihm in die Augen. Sie glühten ebenfalls – in einem unheimlichen, flackernden Rot.

Timmy grinste und setzte sich die viel zu große Kapuze seines Parkas auf. In ihrem Schatten wirkte sein Gesicht geisterhaft blass. Seine Wangen schienen sich in tief eingesunkene, purpurfarbene Höhlen verwandelt zu haben.

„D-du!", stieß ich hervor. „Du bist der dritte Geist! Ich ... ich glaub's einfach nicht!"

„Warum nicht, Kenny?", erwiderte er mit einer hohlen, unheimlichen Stimme. „Immerhin wohnen wir beide in der Fear Street. Was erwartest du da?"

Timmy öffnete die Hintertür, die aus der Küche nach draußen führte, und schlenderte hinaus.

Er warf mir noch einen Blick über die Schulter zu und winkte mit seiner knochigen Hand.

„Gruselige Weihnachten allerseits!", rief er mit einem tiefen, schaurigen Lachen, bevor er in der Dunkelheit verschwand. „Und für alle einen kräftigen Schreck!"

Zeit für eure Geisterstunde!

Wäre Janet nur nie auf die Idee gekommen, bei dem merkwürdigen Mr Cooney einen Ferienjob anzunehmen! Denn er hat eine Vorliebe für eklige Käfer und Spinnen. Und irgendwie erinnert auch sein eigenes Aussehen Janet an ein Insekt ...

Endlich ist sie da, die alte Ritterrüstung aus England! Sie soll die Attraktion des Gruselmuseums in der Fear Street werden. Aber Mikes Begeisterung ist nicht von langer Dauer. Ehe er sichs versieht, steckt Mike mittendrin in einem Kampf gegen magische Kräfte ...

R.L. STINEs
SCHATTENWELT
Ich krieg dich doch!
Loewe

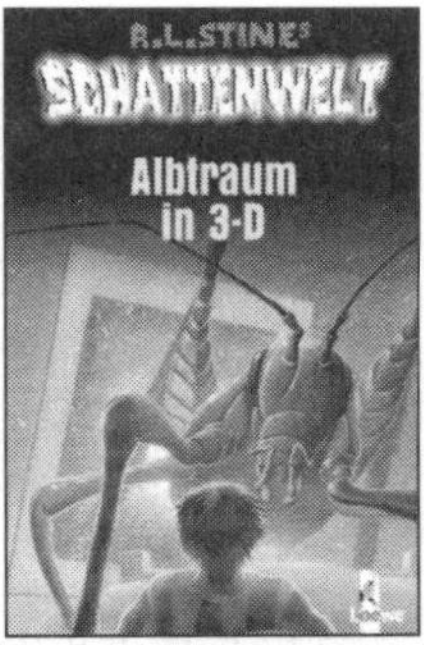
R.L. STINEs
SCHATTENWELT
Albtraum in 3-D
Loewe

R.L. STINEs
SCHATTENWELT
Fatale Neugier
Loewe

R.L. STINEs
SCHATTENWELT
Der Fluch des Jokers
Loewe

R.L. STINEs
SCHATTENWELT
Der Club der 13
Loewe

R.L. STINEs
SCHATTENWELT
Schwimm um dein Leben!
Loewe

R.L. STINEs
SCHATTENWELT
Die Nacht der Verwandlung
Loewe

R.L. STINEs
SCHATTENWELT
Das unheimliche Baumhaus
Loewe

R.L. STINEs
SCHATTENWELT
Die Geisterlehrerin
Loewe

R.L. STINEs
SCHATTENWELT
Verhängnisvolle Flaschenpost
Loewe

R.L. STINEs
SCHATTENWELT
Das magische Amulett
Loewe

Loewe

Über R. L. Stine

R. L. Stine, der Erfinder der Reihe „Fear Street Geisterstunde“, hat nahezu einhundert gespenstische Geschichten für Kinder und Jugendliche geschrieben. Die Reihe „Fear Street Geisterstunde“ spielt, wie auch die „Fear Street“-Bände, in dem amerikanischen Städtchen Shadyside. Im Mittelpunkt stehen unheimliche Ereignisse, die die Bewohner der Fear Street erleben. Wenn R. L. Stine nicht gerade schreibt, spielt er gern Flipper an seinem eigenen Flipperautomaten oder erforscht New York City zusammen mit seiner Frau Jane und seinem Sohn Matt.